눈이 아닌 것으로도 읽은 기분

눈이 아닌 것으로도 읽은 기분

요조

난다

January

우리는 이렇게 살겠지

신용목 – 난다 – 2016년 7월

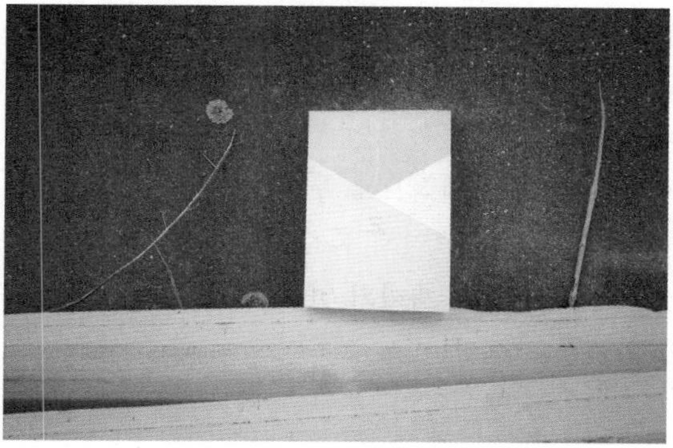

노랫말은 꿈에서 오고, 노랫말은 연인에게서 온다.
술에서 오고, 영화에서 오고, 엄마한테서 오고, 바람에서 오고, 온갖 군데에 노랫말은 절묘하게 숨어 있다.
나는 그걸 찾는다.
어느 날에 노랫말이 단어에서 왔다.
나는 그 단어를 수년 전 신용목 시인의 『아무 날의 도시』라는 시집에서 발견했다.

계약

갑자기 왜 이렇게 이 단어가 아팠을까?
나는 어째서 그것을 여태 몰랐을까?
갸우뚱거리며 '계약'이라는 단어를 받아들고 집에서 복습을 하

다가,

이런 노랫말이 나오고 말았다.

오랫동안 아플 것을 계약했죠

이 곡은 유난히 듣는 이의 궁금증을 유발하곤 했다.
'이 곡은 어떻게 만들게 된 거예요?'
'이 노래에 어떤 사연이 있었던 거예요?'
'실제 경험이에요? 구체적으로 무슨 경험이었어요?'
나는 능구렁이처럼 웃으면서 불친절했다.
"노래가 너무 친절하면 재미가 없는 거예요—"
그러나 실은 나도 몰랐다.
나는 그냥 찾았을 뿐이었다.

얼마 전, 이 책 61페이지에서 이 문장을 만났다.

나는 이번 생과의 계약이 오래 아프리란 것을 안다.

신용목 시인과 나는 제대로 대화를 나눠본 적 없다.
나는 우리가 이미 친구라는 것을 알고 있다.

2017 1
2
월요일

낭만적 사랑과 사회

정이현 – 문학과지성사 – 2003년 9월

안녕하세요. 요조입니다.
그동안, 별일 없으셨는지요.
시간이 참 빠릅니다.
청탁해주신 날로부터 오늘까지, 너무 금방이고 말았습니다.
죄송한 말씀을 드립니다.
부탁하신 리뷰를 쓰지 못할 것 같습니다.

처음 청탁 연락을 받고서는, 아주아주 기뻤습니다.
애독하는 잡지에 자신의 글이 실린다는 것은
얼마나 큰 행복이게요.
솔직히 앞뒤 가리지도 않고 덥석 쓰겠다고 했지요.
어떤 책은 읽으면서 슬퍼요. 어떤 책은 읽으면서 화가 나고요.
어떤 책은 도망치면서 계속 뒤돌아보는 사람처럼 읽기도 합니다.

이 책은 계속 '자신 있음'으로 읽었습니다.

무슨 자신이었냐면, 안다는 자신.

이 책에 나오는 모든 여자의 세계를 나는 안다는 자신요.

여자로서 그냥 가지고 있는 직관 있잖아요. 똑같이 겪은 일이 아니어도, 말로 설명할 수 없어도, 그냥 직감이 가능해지는 일이요. 그렇게 읽었어요. 눈으로 읽었지만, 눈이 아닌 것으로도 읽은 기분이었습니다.

「낭만적 사랑과 사회」의 주인공인 대학생 유리는 자신의 처녀성의 가치를 결정적인 순간에 사용하기 위해 일부러 3년 묵은 낡은 면팬티를 입지요. 윤리적인 이유에서라기보다는 자기가 보유한 가장 강력한 무기, 혹은 재산 같은 느낌으로 자기의 처녀성을 지극히 보호하고 아낍니다.

소설이 나온 2003년이라면 마침 저도 대학생이었을 때입니다.

그때 당시 저는 유리처럼 처녀성을 비장의 카드로 삼는 마음은 없었습니다. 오히려 그 반대의 마음이 있었습니다.

처녀막이라는 것에 연연하는 모든 사람이 한심했어요. 부모님부터, 그때 당시 다니던 교회 목사님의 설교, 주변 남자들, 여성지마다 등장했던 '그와의 관계시 처음인 척하는 법'에 대한 기사랄지, '처녀막 재생 수술 잘하는 병원' 광고 같은 것까지. 그래서 저는 '그냥 빨리 확 써서 없애버리고 말자!'의 마음으로 서둘러 저의 그걸 대충 처분해버렸습니다.

이렇게 정반대의 반응. 그러나 유리와 제가 받았던 자극은 거의 동일했던 게 분명합니다.

"얘가 지금 무슨 소리야? 너희들 여자 몸이 어떤지 몰라?" 엄마는 식탁 위의 유리잔을 집어들었다. "여자 몸은 바로 이런 거야." "험험." 아빠는 애꿎은 헛기침을 하며 러닝셔츠 위로 불룩 솟아오른 배를 득득 긁어댔다. "금 가는 순간." 사방이 일시에 고요해졌다. 엄마 입에서는 기어이 최후의 말이 흘러나왔다.

"그 순간 끝장나는 거야!"

"그렇지. 못 붙이지." 아빠가 그제야 한마디 덧붙였다.

—「낭만적 사랑과 사회」에서

저희 부모님도 지극히 같은 가르침을 주셨으니까요.

그러므로 아까도 말씀드렸다시피 전 유리를 이해한다고 생각했던 거죠. 유리처럼 일부러 낡은 팬티를 입지도 않았고 전략적으로 행동하지 않았어도, 그냥 아는 거죠.

그 자신감은 대체적으로 책을 읽는 내내 유지되었습니다.

그리고 맨 마지막 소설 「이십세기 모단 걸」만 남겨놓고 있던 즈음이었습니다.

일 때문에 만난 지인들과 저녁식사를 하게 되었어요. 지금 읽는 책 이야기가 자연스럽게 나오고, 저는 『낭만적 사랑과 사회』를 읽고 있다고 했습니다.

그러자 그 자리에 있던 지인 1(남)과 지인 2(남)가 마침 그 책을 읽었다고 했어요.

그러고는 웃었어요.

그 미소는 제가 이 책에 보인 자신감과 무척 닮은 데가 있었어요.

어떻게 읽었냐는 저의 질문에 둘 다 '재미있었다'는 대답이 곧장 돌아왔습니다.

우리는 어느 정도 책에 관한 이런저런 감상을 나누었습니다.

그러다 제가 이런 말을 했습니다.

"그런데 주인공들의 속물적인 면을 부각시키기 위한 이런저런 설정 중에 약간 억지스럽게 느껴지던 부분도 있었어요."

그러자 1이 고개를 갸웃하며, 어? 하고는 이렇게 덧붙였어요.

"억지가 있어요? 그 소설의 백미는 리얼리티인데?"

2가 옆에서 공감한다는 듯 크게 고개를 끄덕했습니다.

리얼리티? 제가 반문하자 2는 이렇게 대답했습니다.
"제가 반포에서 20년 살았잖아요."

반포에서 초등학교부터 고등학교까지 졸업했다는 건 확실한 '강남' 문화권에서 성장했다는 얘기기도 하다.
(……) "어디 살아요?" 나이트클럽이나 미팅 따위에서 처음 만난 남자애들이 제일 먼저 궁금해하는 건, 어떤 동네에 사느냐이고, "반포요!" 이렇게 대답하면 적어도 기본 이상은 먹고 들어가기 때문이다. 반포는 확실히 가리봉동이나 봉천동, 수유리 등과는 다른 이름인 것이다.
—「낭만적 사랑과 사회」에서

저를 앞에 두고 1과 2는 그 '리얼리티'함에 대한 소회를 나누었습니다.
어쩌면 그렇게까지 디테일할 수 있는지, 너무나 놀라웠다고,
멍하니 있는 저를 보며 역시 강남에 살고 있는 1은 또 웃었습니다.
그러곤 이렇게 말했습니다.
"그런 여자들 많아요, 수진씨."

그런 여자들.
여전히 할말을 찾지 못한 나를 남겨둔 채 일행은 다음 이야기로 넘어갔습니다.
회사 이야기였어요. 야근 같은 것을 할 때 신입들에게 돈을 주면서 알아서 이것저것 사오라 간식 심부름을 시킨 다음 사오는 간식들을 보면 그 신입의 가능성을 바로 점쳐볼 수 있다고. 다들 맞다, 맞다 공감했습니다. 저는 계속 아무 말도 하지 못했고, 그런 저를 보면서 1이었는지 2였는지가 "수진씨는 회사생활도 안 해봐서 이런 것 역시 모르겠죠!" 하고는 또 웃었습니다.

저는 따라 웃었습니다.

집에 오는 길, 타이밍을 놓쳐 물음이 되지 못한 단어들이 계속 물었습니다, 저를.

리얼리티.

이 책 속의 리얼리티란 어떤 리얼리티의 병폐를 고발하기 위해 설정된 리얼리티라고 생각했는데 아까 그 남자들은 리얼리티이지만 리얼은 아닌 것들까지도 모두 싸잡아 리얼리티라고 믿고 있는 것 같았고, '강남'과 '반포'와 그곳을 기지로 경험한 '그런 여자들'로써 그들의 믿음은 증명될 수 있을 것이었고, 그러나 이 책을 '자신 있음'으로 읽었던 저는, 갑자기 콱 쫄아버렸던 저는, 36년간 여성으로 살았지만 동시에 36년간 강북 미아리 방학동 일대에서만 살았던 저는, 갑자기 제가 알고 있던 리얼리티가 과연 정말 리얼리티가 맞는가에 대해 하나도 자신할 수 없어졌던 저는, 결국 한 시간 반 동안 지하철을 타고 도봉역에서 내리면서 '마지막에 따라 웃지 말걸 그랬다'는 결론만을 낼 수 있었습니다.

그러고는 정신을 차려보니 마감일이 되고 말았어요.

아까 말씀드렸지만 시간이 정말 너무 빠릅니다.

죄송합니다.

그냥 저는, 잘 모르겠어요.

요조 드림

파의 목소리

최문자 – 문학동네 – 2015년 8월

이 시집을 읽기 직전에 문방구에서 '인덱스 테이프'를 샀다.

책 귀퉁이를 접어가며 읽는 버릇을 고쳐보려고,

도그지어를 만드는 대신에 테이프를 붙이기로 했다.

표지의 색깔과 '깔맞춤' 효과를 주기 위해 녹색 테이프만 붙여가며 이 시집을 읽었다.

곧 후회했다. 나는 거의 모든 시에 테이프를 붙이고 있었다.

녹색 테이프는 금방 동났다. 그때부터 테이프를 붙이는 것도 도그지어를 만드는 것도 포기하고 시집을 읽어나갔다.

시가 하나하나 나에게 그대로 흡수가 되었다.

문장을 해석해보려고 궁리의 시간을 오래 갖는다던가 하는 일없이,

그냥 읽는 대로 몸에 와 녹아들었다.

나는 그게 나에게 온 막간의 찬스인 것만 같았다.

갑자기 잠깐 동안 시를 쭉쭉 흡수하는 몸이 된 것일지도 모른다고 생각했다.

노래를 만들 때도 그런 때가 가끔 있었다.
갑자기 어느 새벽에 영감이 주체할 수 없게 찾아와
멜로디랑 노랫말이랑 뚝딱뚝딱 나오는 몸이 돼서
이 실성을 반기며 내가 나를 내버려두는 때가.

나중에 이 시집으로 싱어송라이터 최고은과 함께
낭독하며 공연했다. 그날은 그저 내 목소리,
녹색처럼 들리길 바랐다.

2017 1
4 .
수요일

나쁜 친구

앙꼬 – 창비 – 2012년 8월

인천의 홍예서림이라는 독립책방에서 샀다.

눈에 띄지 않게 음침한 표지다. 내용도 그렇다.

책 속에서 펼쳐지는 열여섯 비행청소년의 세계는 내 학창 시절 또하나의 가능성이기도 했다.

초등학교 다닐 때 바로 옆집에 살아서 맨날 나랑 같이 놀았던 친구는 중학교 때 비행청소년이 되면서 나랑은 인사도 하지 않는 사이가 됐다.

천사 같았던 애였다.

그애가 비행을 저지르는 걸 본 적은 없다.

그애는 비행청소년이 된 후에 쌍꺼풀액으로 쌍꺼풀을 만들고 눈에 엄청 힘을 주고 다녔다. 눈을 깜박이는 것도 무척 힘을 주어 했다. 나는 그 얼굴 속에서 초등학교 때 나랑 놀며 보여주었던 표정을 몰래 찾았다. 책을 읽는 내내 그애가 계속 생각났는데 이름이 생각이 안 나 속상하다. 송혜은……이었던가.

삼십 살

앙꼬 – 사계절 – 2013년 10월

금호동 프루스트의 서재에서 헌책으로 샀다.

『나쁜 친구』를 읽고 바로 다음날 신기한 우연처럼 이 책을 발견해서 망설임 없이 샀다.

『나쁜 친구』랑 다르다.

앙꼬 자신의 일상을 캐주얼하게 그림일기처럼 그려놓았다. 그 속에서 가난도 고통도 다 귀엽고 밝았다.

기분이 좋아졌다. 예술은 꼭 배고프고 고달파야 하는 것은 절대 아니다. 절대로 아니다. 그러나 처음부터 유복하고 결핍 없이 예술해왔던 사람들 보면 속으로 비밀스럽게 배가 아프다. 늘 감사하고 행복했던 어린 시절이지만 가난했던 것을 교묘하게 억울해하는 버릇이 아직 없어지지 않았다. 이 책은 그런 나의 모순적 태도에 딱 적당한 온도였다. 속으로 이런저런 복잡한 생각을 하면서도 겉으로는 일단 낄낄거릴 수 있는 게 좋았다.

더 멀리 12호

독립 문예 잡지 – 2017년 2월

시와 문학을 사랑하는 문학독립잡지인 『더 멀리』에서 나에게 연락이 오는 것은 대수롭지 않은 일이다.

내가 운영하고 있는 책방에 입고되어 있는 책이니까 말이다. 그런데 책방 관련 업무 내용이 아니었다.

청탁 요청이었다.

청탁을 요청받는 일도 그렇게 특별한 일은 아니다. 어쩌다보니 이런저런 기고를 하게 되는 경험을 몇 년간 해오면서 '특별한 일이 아니다'라고 말할 수 있는 건방이 생겼다.

당연히 에세이일 것이라고 생각했는데, 아니었다.

평생 잊지 못할 기억을 살면서 몇 개나 갖게 될지 모르겠지만 아마 그중 하나는 이 순간일 것 같다. 처음으로 시를 요청받고 잠깐 할말을 잊었다가, 저한테요? 하고 반문했던 몇 초. 아마 평생 동안 내 머릿속에서 영원으로 상영될 것이다.

나쁜 페미니스트

록산 게이 – 노지양 옮김 – 사이행성 – 2016년 3월

일부 힙합 음악에서 여성을 소비하는 서사를 살펴보면 일단 여성에 대한 비뚤어진 선입견을 심어준다는 점에서 뿐만 아니라 너무 '식상하게' 옳지 않아서 괴로울 때가 있다. 창작을 하는 사람이라면 본능적으로 클리셰를 끔찍해하는 병에 걸릴 텐데 그들은 그 병에 걸리지 않았나보다. 그들의 노래 속에서 여자들에 대한 묘사는 '복붙'한 것처럼 한결같다. 그러나 그럼에도, 미려한 리듬과 뮤지션 특유의 매력적인 목소리 등의 이유로 가사가 너무 구리다고 생각하면서도 계속 듣게 되는 노래들이 있고 그런 모순이 적잖이 나를 뻘쭘하게 만들었다. 나는 나와 똑같은 고민을 하는 사람을 이 아름다운 핑크색 책 속에서 발견했다.

자신은 완벽한 페미니스트가 아니라는 것을 깨달았고, 완벽하지 않다고 해서 페미니스트가 되지 않기보다는 완벽하지 않은bad 페미니스트가 되겠다는 록산 게이의 다짐은 그래서 나에게도 굉장한

귀감이 된다. 나는 아직도 많이 부족하다.

그리고 페미니스트이다.

2017 1
8
일요일

그 섬에 내가 있었네

김영갑 – 휴먼앤북스 – 2013년 12월

배부르고 얄팍한 고민에 빠져 또 으스대고 있구나 스스로 깨닫게 될 때마다 나는 이 책을 본다.

평생을 제주를 담아내는 데 헌신하고 마지막 숨이 다하는 순간까지 자신의 일을 사랑한, 내가 가장 사랑하는 사진작가 김영갑 선생님의 사진집이자 에세이.

제주에 결국에 살게 된 것도 결국 시작은 이 책 때문이다.

제주에 아직 가보기 전 이 책을 알았고,

정말 제주에 가면 그가 이토록 근사하게 담아낸 자연을 두 눈으로 볼 수 있을까 싶어 갔던 것이 나의 첫번째 제주행이었다. 그뒤로 몇 년을 제주에 갈 때마다 출석 도장을 찍듯이 김영갑 갤러리에 들렀다.

제주 여기저기를 다니며 그것을 사진으로 담아보려고 노력해보다가 지금은 아예 시도조차 하지 않는다. 내 카메라가 고가가 아니기도 했지만 아무리 좋은 카메라를 가져도 절경을 사진 속으로 제대로 옮겨오는 일은 내가 할 수 있는 일이 아니라는 것을 제주도에 내려와서 금방 깨달았다.

그 일을 위해서 어떤 사진가는 자기 인생을 다 써버리고 아파 죽었다.

어떻게 자기 인생을 하나에 다 쓰지.

2017 1

9

월요일

빈 의자에 새긴 약속

김서경/김운성 – 도서출판 말 – 2016년 7월

피스 & 그린 보트에서 김운성 선생님이 갑판에서 맥주 마시면서 밤바다 보고 있던, 나에게 슬그머니 주고 가신 책. 소녀상을 제작하신 분인지는 책을 보고 알았다.

소녀상의 수난이 굉장하다.

소녀상을 지키며 할머니들을 위해 싸웠던 김샘씨는 징역을 구형받았고, 스쓰이 야스타카라는 일본의 작가는 소녀상에 단체로 사정을 해서 정액투성이로 만들자는, 상상을 초월하는 역겨운 발언을 한 바 있다.

그때마다 소녀상 하나가 만들어지기까지 얼마나 많은 수고와 노력과 돈이 필요한지 고스란히 적혀 있는 이 책을 다시 보면서 나는 이를 간다.

얼마 전부터는 베트남전에서 희생당한 베트남 여성들을 위해 피에타 동상을 제작하고 있다는 김서경, 김운성 작가님. 인간다움을 실천하는 진정 아름다운 분들이다.

미스 함무라비

문유석 – 문학동네 – 2016년 12월

최근 몇 년간 읽은 책 중, 가장 기억에 남는 인트로 중에 하나는 문유석 판사의 『개인주의자 선언』이었다. 그 책의 프롤로그 「인간혐오」를 읽으며 '인간혐오자'로서 드디어 동지를 만났다는 기쁨에 얼마나 반가웠던지. 그러나 읽다보니 그분은 인간혐오자가 전혀 아니었고 나는 속았다는 분함에 읽는 것을 그만두었다.

얼마 전 발표하신 신작 『미스 함무라비』로 팟캐스트 '이게 뭐라고'에 출연 예정이라는 얘기를 들었을 때, 이번에도 읽다 마는 것은 아닌지 걱정이 되었다. 법정 소설이라는데 행여나 나의 무식이 독서의 흐름을 뚝뚝 끊어낼까봐.

나의 법에 대한 무지는 완벽 그 자체라고 할 수 있다. 그리고 그동안 그것을 특별히 부끄러워하지 않았다. 내가 법을 이 정도로 모를 수 있는 것은 다시 말해서 그동안 불미스러운 송사에 휘말리는 일 없이 평온하게 잘 살아왔다는 뜻이 아니겠는가 하고 속편하게 생각해왔다. 그러나 앞서 말했듯이 이 책을 앞에 두고는 역시 긴장하지 않을 수 없었는데, 다행스럽게도 나처럼 법에 대해 아는 게 없는 사람도 얼마든지 쉽게 읽을 수 있을 만큼 친절하고, 지루할 틈이 없는 책이었다.

후다닥 요약하자면 가상의 부서 '서울중앙지법 44부'의 판사들이 '좌충우돌' '우당탕탕' 사건 사고를 해결하는, 아니 해결하려 노력하는 이야기.

나의 법적 무지를 자랑스럽게 얘기했는데, 그런 내가 법률과 조금 친해질 뻔한 경험이 얼마 전 있었다.

내가 살던 집의 집주인과 있었던 일이었다. 그 집에서 3년을 살았다. 내가 살던 집들 중에 가장 낡고 상태가 좋지 않았지만 내 사정에 정말 힘들게 얻은 전셋집이었다. 요즘처럼 전셋집 구하기 어려운 때에 악착같이 버티는 기분으로 살았다. 그러나 집주인의 괴팍함을 도저히 참을 수 없었다. 이사 계획을 전달하자 집주인은 톡톡히 유종의 미를 발휘했다.

내가 그동안 내왔던 관리비가 부족하니 더 내라는 것이었다. 이유가 참으로 굉장했다.

자기가 책정한 관리비는 1인 기준이었고, 그런데 나는 집에 그동안 사람들이 들락거렸으므로 나 같은 사람에게는 한 사람분의 관리비로는 부족하다는 것이었다. 한 달에 두어 번 우리집에 놀러오셨던 부모님은 올 때마다 집주인과 마주칠까봐 눈치를 보았다. 언젠가 마주쳤을 때 이제 다 큰 자식인데 뭐 그렇게 자주 보러 오냐, 강아지는 시끄럽게 왜 데리고 오냐 하면서 못마땅해했기 때문이었다.

악의적이고 어처구니없는 요구에 항의하자, 집주인은 뜬금없이 나의 행실을 문제삼으면서 인신공격을 하고, 내 직업적 상황을 악용하여 방송국에 찾아가 훼방을 놓겠다는 둥 굉장한 언어폭력을 행사했다. 10년간 혼자 살면서 이런 경험은 처음이었다.

결국 인내심의 한계를 느껴 그때부터의 대화 내용을 다 녹음하고, 정식으로 고소를 준비했다.

다행히 대화가 통했던 집주인 아드님이 비밀리에 도와주셔서 결국 고소까지 이어지지는 않았다.

이 책에는 성추행과 강간, 주폭을 일삼는 노인, 상속을 두고 다투는 자식들 등 다양한 사건이 등장하는데 그중에 내가 이 에피소드에 정신없이 빠져들었던 것은 그래서 당연하다.

박판사는 어제 들어간 조정기일에서 피고와 대판 싸우고 돌아왔다. 자취하던 여대생이 이 핑계 저 핑계를 대며 월세 보증금을 돌려주지 않는 집주인 노인을 상대로 낸 소송이었다. 가까스로 취업이 되어 이사를 가야 하는데 보증금을 주지 않아서 두 시간씩 전철을 타고 출퇴근하고 있단다. 집주인은 돈이 없으니 방이 나가면 준다고 시간을 끌더니 소송이 제기되자 여대생이 방을 험하게 써서 장판과 문이 망가졌으니 감정하여 수리비를 공제해야 한다며 다투고 있었다.

박판사가 처음 흥분한 것은 집주인 노인의 이 한마디였다.

> 어린년이 버릇도 없는데다가 헤프기까지 하니 뭣에 쓰겄노. 사내놈이 들락날락하더만. 담배도 피워대서 방안에 담배 내가 찌들고. 에이, 내 집에 저런 더러운 년을 들인 게 잘못이지.

여대생이여, 혹시 나랑 같은 빌라에 살았나요?

놀라울 만큼 내 경험과 닮은 이 에피소드를 읽으며 소름이 돋았다.

한동안 그렇게 오소소한 기분을 느끼다가, 일순 다른 독자들의 소름들도 가늠해보게 되었다. 각각의 에피소드들이 유발할 감정의 입들은 얼마나 시커먼 색일까 하고.

이렇게 생각하고 보니 인간 삶의 다양한 측면 중에서 보편성에 대해서라면, 단연 법조인들만큼 일상적으로 맞닥뜨리는 경우도 참 드물 것 같고, 법조인의 정신세계가 새삼 궁금해지면서, 법조인의 눈에 비친 세상은 과연 어떨는지, 그러면서 자연스럽게 궁금해지는 것이,

읽다 만 『개인주의자 선언』의 행방!

더 걸스

에마 클라인 – 정주연 옮김 – arte – 2016년 10월

얼마 전에 트위터로 고등학교 동창과 연락이 닿았다. 같은 반이었지만 하나도 친하지 않았고 이름이 엄청 특이하게도 '위아래'여서 '업다운'이라고 놀린 기억만 남아 있는 친구였다. 그 친구가 책방에 놀러왔다. 그간 흐른 시간이 20년인데 묘하게 그대로인 모습이 좀 징그러웠다. 우리는 그 시절의 이야기를 했다. 졸업식에 가질 않아 졸업앨범이 없는 나에게 위아래는 누구 알아? 몇 반 누구 기억나? 하면서 그때 이야기들을 두서없이 꺼냈다. 시작은 재미있었다. 끝은 아니었다. 결국 우리가 확인한 것은 유난히 선생님들의 이쁨을 받았다는 이유만으로 잔인한 시샘을 받느라 위아래가 학창시절 내내 거의 친구가 없었다는 사실이었고, 나 역시 중학교 때 놀던 애들로부터 괴롭힘을 당한 경험 이후로 고등학교 내내 마음을 열었던 친구는 한 명이었다는 사실이었다. 아까 말했지만 우리는 전혀 친하지 않았기 때문에 서로의 사정을 전혀 모른 채 한 반에서

각자 자신의 괴로움에 집중하며 조용했을 뿐이었다.

우리조차도 잊고 살았던 기억들이 옛날 얘기 하다가 다 떠올라 버리고 말았다.

병신들. 내가 서둘러 정리했다.

개넨 그냥 다 병신들이었어.

말해놓고 보니 별일도 아니었고, 유치했고, 그럼에도 진지하게 힘들어했던 우리 스스로가 쪽팔렸고, 아무튼 그냥 얼른 넘어가고 싶어서 요란맞게 웃었다.

교복을 입고 안국역 플랫폼에 홀로 서 있던 짤막한 위아래의 모습이 떠올랐다.

언제나 혼자였던 위아래를 발견할 때마다 역시 혼자였던 나는 "야, 업다운" 하고 불렀고, 위아래는 "내가 왜 업다운이야!"라고 했다. 위아래랑 나는 학창 시절 내내 그 대화뿐이었다. 늘 내가 먼저 "야, 업다운" 하고 위아래를 불렀고 위아래는 "내가 왜 업다운이야!" 하고 대답했다. 그게 다였다.

웃음이 모두 잦아들고 얼마간의 정적을 흘려보낸 뒤 위아래는 이렇게 말했다.

"이 말 되게 오그라드는 말이긴 한데, 우리, 이제 친하게 지내자."

'소녀'라는 말은 그 자체가 터무니없이 순수하게 생겼다.

그래서 속는다. 한 번도 소녀인 적 없었던 남자들뿐만 아니라 소녀를 이미 거쳐온 여자들조차도 종종 속을 뻔한다, 자기의 소녀 시절이 소녀라는 글자처럼 곱고 아름다웠다고.

소녀의 세계를 이야기할 때 무엇보다 경계해야 할 단어는 바로 '소녀'일 때가 많다.

위아래 때문에 기억하고 싶지 않았던 소녀 시절의 추억들이 줄줄이 딸려왔던 것처럼, 에마 클라인의 첫 장편소설 『더 걸스』의 주인공인 이비도 갑자기 자신의 집에 찾아온 어린 불청객들 때문에 자신의 소녀 시절이 자연스럽게 그녀 앞에 모습을 드러낸다.

"금속의 짜릿한 맛을 느끼려고 혀로 배터리를 핥았고, 그러면 오르가슴의 18분의 1을 느낄 수 있다고 떠들고 다니"고, "날달걀이 머리칼을 펴준다는 비달 사순의 조언을 실천에 옮기거나, 소독한 재봉 바늘로 블랙헤드를 파내"던 이비. 자기가 별 볼 일 없다는 걸 견디지 못해 열심으로 여드름을 감추고 있어 보이는 눈빛을 연습하는, 그냥 좀 한심하고 평범했던 이비는 어느 날 공원에서 수전을 만나게 된다.

> 나는 소녀들을 대놓고, 아주 넋을 놓고 뜯어보았다. (……) 다른 여자애들을 보면 바로 훑어보고 등급을 매겨 내가 얼마나 부족한지 계속 점수를 계산하곤 하던 때였으므로, 단박에 검은 머리 소녀가 제일 예쁘다는 것을 알아챘다. 얼굴을 제대로 보기도 전에 이미 예상했다. 헐렁하고 더러운 드레스가 엉덩이를 간신히 가린 그 소녀에게는 다른 세상의 분위기가 감돌았다. (……) 소녀들은 예쁨과 흉측함의 거북한 경계에 있어서, 공원을 가로지르는 그들 뒤로 그것을 알아보는 파문이 따랐다.

수전에게서 이비는 무엇을 보았을까.

콕 집어 말로 표현할 능력은 안 되지만 단어들을 되는대로 던져볼 수는 있겠다.

아름다움, 더러움, 위험함, 결핍, 저항, 무모, 자유, 광기, 증오……

뭔가, 뭔가 무섭고, 그러나 동시에 멋있는 것.

더럽지만 빛나는 것.

어른들로 하여금 혀를 차게 하는 것.

그러면서도 '10대 애들이 제일 무서워, 괜히 건드리지 마'라는 말이 나오게, 겁을 먹게 하는 것.

'그런 것'.

수전에게서 '그런 것'을 본 이비는 걷잡을 수 없이 수전에게 맹목적인 사랑을 전달한다. 수전을 따라 한다. 수전이 몸담은 히피 집단과 수전이 충성하는 대상에게도 최선을 다한다. 사랑. 집착. 모방. 헌신. 그러나 수전이 가지고 있던 '그런 것'은 이비의 헌신과 사랑으로 감당할 수 있을 만한 것이 아니었다.

결과적으로 이비는 수전이 없는 현실로 돌아온다.

나의 눈으로 볼 때 이것은 다행스럽고 잘된 일이다. 이비는 이제 안전하다.

그러나 이비의 입장에서 보자면 이것은 추방이다. 수전이 있는 파라다이스에서 영원히 버림받았다.

소녀의 세계에서 비행非行은 옳다.

나 역시 그 세계를 지나왔다는 것이, 가끔은 믿기지 않는다.

무巫

호도령 외 – 닷텍스트

무당의 인터뷰를 수록한 독립출판물.

다섯 명의 무당이 등장한다.

연남 헬로인디북스에서 샀다.

점에 대해서라면 그저 무관심이었다.

그러다 점을 봤고, 굿도 했다.

아직 내 동생의 죽음에 대해서 안심하지 못했기 때문에 한 일이었다.

그냥 뭐든 해보는 게 좋다고, 그런 생각으로 임한 것이다.

더 이야기하기는 곤란한 기분이다.

나는 내가 한 그 경험들을 오늘날까지도 얼마나 복기하고 복기하는지 모른다.

바람이 있다면 시로써 이 경험을 '다스리'고 싶다.

이제는 두 번 다시 점을 보는 일은 없을 것이다.

2017 1

13

금요일

너의 곁에서

마스다 미리 – 박정임 옮김 – 이봄 – 2016년 9월

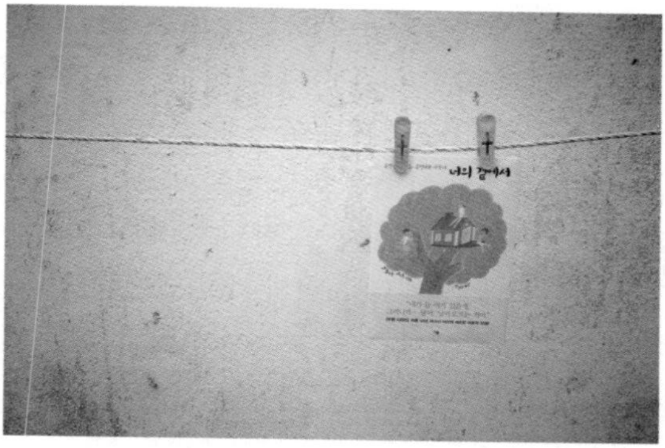

(……) 1890년대 말과 1900년대 초반에 우아한 무늬목으로 지은 중간 크기 집들에는 좁은 앞뜰과 옆 뜰, 더 널찍한 뒤뜰이 있었다. 뜰에는 나무들이 있고 현관 앞 베란다가 있었다. 나무들은 침엽수들, 포플러나무, 튤립나무, 미루나무들이었다.

—제임스 에이지, 『녹스빌: 1915년 여름』에서

책을 읽을 때 가장 성의 없게 읽던 부분을 요즘엔 가장 오래 걸려 읽는다.

바로 나무나 꽃을 묘사하는 부분이 그것이다.

책 속에서 동네나 집 같은 어떤 공간적 배경을 설명하는 부분이 나오면 자연스럽게 풍경을 머릿속에서 그려보기 마련인데 그때 등장하는 나무나 꽃 같은 것은 그동안 대충 뭉뚱그려 상상하곤 했다. 좀 전 인용했던 문장 속 '침엽수, 포플러나무, 튤립나무, 미루나무'

도 옛날이었으면 그냥 아무 나무들을 대충 상상하고 넘어갔을 것이다. 그러나 지금은 바쁘지 않으면 어떻게 생겼는지 인터넷으로 검색을 해본다.

왜 내가 이렇게 변했는지는 나도 잘 모르겠다. 나이가 들어 아줌마 아저씨가 되면 꽃과 나무에 관심이 많아진다고들 하던데 나의 독법도 나이가 들면서 비슷한 수순을 밟고 있는 걸지도.

아무튼 그런 와중에 읽기 시작한 마스다 미리의 『너의 곁에서』는 나에게 아주 풍성한 내적 산책의 경험을 맛보게 해주었다.

국내 많은 여성 독자의 사랑을 받고 있는 마스다 미리는 나도 좋아하는 작가이다. 대충 그린 듯한 그림 속에(미안합니다) 숨어 있는 깊은 질문들 때문에, 언제나 그녀의 책은 얇았지만 매번 끝까지 다 읽는 데 오래 걸리곤 했다. 그리고 이번 책이 다 읽는 데 가장 오래 걸렸다.

책 속에 등장하는 식물들을 일일이 검색했을 뿐만 아니라 선물받은 노트에 그려보기까지 했기 때문이었다.

이건 말이지, 다라엽 나무야.
잎에 글씨를 쓸 수 있지.

그러고 보니, 살갈퀴 씨앗은 무엇에도 의지하지 않고
자신의 힘으로 튕겨 날아가요.

이거는 머귀나무예요.
오돌토돌한 게 공룡 등 같죠?
아빠는 '고질라 나무'라고 불러요.

며칠 전 잘못 탄 버스가 '도봉산역'에서 내려야 하는 나를 '도봉산'으로 데려간 적이 있었다. 도봉산 초입에서 나는 이대로 천천히 산속을 둘러보고 싶은 마음을 간신히 참으며 등을 돌려야 했다.

저 안에 재미있는 나무가 많을 텐데.

저 안에 재미있는 세계가 많을 텐데.

용의 이

듀나(이영수) – 북스피어 – 2007년 12월

사랑하던 연인들이 이별하는 데에는 실로 다양한 이유가 있겠는데 나는 나에게 자꾸 무서운 이야기를 하면서 겁을 준다는 이유로 상대에게 이별을 통보한 적이 있다.

겨우 그 정도를 가지고 헤어지자고 하다니, 심했다고 하는 사람도 있었다. 그러나 나는 그만하라고 그렇게 사정해도 틈만 나면 나를 놀래키려드는 상대를 사랑할 수는 없다. 보통 사람들보다 내가 유난히 겁이 많다는 얘기를 하려다보니 이런 얘기를 했다. 나는 겁이 많다.

내가 라디오 디제이였을 적에 작가였던 친구는 나처럼 겁이 많았다. 무서운 얘기도 잘 못 듣고 무서운 영화도 볼 엄두를 내지 못하는 타입이었던 그녀가 어느 날 어떤 영화제에 다녀왔다고 했다. 무슨 영화를 보고 왔냐고 했더니, 좀비 영화.

무서운 영화는 못 본다 하지 않았냐 물었더니 그녀는 머쓱하게 대꾸했다.

"언니, 저 그게, 그렇긴 한데요, 좀비물은 좋아해요."

좀비는 안 무섭냐니까 무섭지 않은 것은 아닌데 이상하게 좀비는 좋다고 하는 그녀를 사실 이해하지 못하는 것은 아니다.

왜냐하면 나에게도 나름 '받아들일 수 있는' 공포의 결이 있기 때문이다.

아니 받아들인다는 표현보다 '은근히 안심하게 되는' 공포의 결이라고 해야 하겠다. 그게 뭐냐면 '실제 있었던 일'이라는 것이 전제된 공포이다.

나는 죽음 이후의 세계는 없다고 생각한다. 죽어서 가는 또다른 세계가 있다거나, 혹은 다른 존재로 다시 태어나 윤회를 한다거나 하는 일 없이 그냥 소멸되는 거라고 생각한다. 그리고 그런 신념은 언제나 나에게 큰 슬픔을 준다.

사고로 죽은 내 동생을 나는 꼭 다시 만나고 싶다. 그러기 위해서는 영혼이라는 것이 존재해야 한다. 동생이 영혼으로서 현재 존재하고 있고 나 역시 언젠가 죽어서 영혼이 되면 그럼 우리는 다시 만날 수 있을 것이다. 그뿐 아니라 영영토록 함께할 수도 있을 것이다. 그런데 동생은 숨이 끊어지면서 존재 자체가 소멸했고 이제는 이 세상 어디에도 존재하지 않는다고 생각하면, 그리고 내가 죽으면 나도 그렇게 될 것이라서 우리가 한때 사이좋은 자매였다는 사실조차 그냥 아무것도 아닌 일이 되어버린다고 생각하면,

좀 견딜 수 없는 기분이 된다.

그런데 그러다가 이런 이야기들—

'내가 봤는데' 귀신은 있어, '내 친구가 그러는데' 자기가 다니던 학교에서 귀신을 봤대, '실제로 있던 일인데' 영혼이 있더래, 하는 말을 들으면 내 동생도 소멸된 게 아니라 혼으로서 어딘가에 존재

하고 있다, 말하자면 귀신으로 살아 있다(?)는 것이 증명되는 것이라는 생각을 하게 되면서 무척 기분이 좋아지는 것이다.

누가 귀신을 봤다더라 하면 마치 누가 나 대신 동생을 어디선가 발견하기라도 했다는 것처럼 공포보다 마음에 더 먼저 이는 반가움. 그래서 나는 같이 있는 사람들한테 슬쩍 '귀신 본 적 있냐'고 물어보는 일을 좋아한다. 귀신을 본 적 없다는 사람들도 자기가 직접 들었다는 목격담 하나둘 정도는 언제나 들려주는 편이고 그럼 나는 으 정말 무섭다! 하면서도 은연중에 마음을 놓고 안심을 한다. 내 동생은 아직 살아 있다고 생각하면서.

그런 안심을 나는 듀나의 『용의 이』를 보면서도 했다.

논픽션도 아닌데 내가 그런 기분을 느낀 데에는 그의 이야기들이 유난히 나의 개인적인 사정을 많이 건드렸기 때문이지 않을까 하고 생각한다.

이를테면 여동생을 지키기 위해서 혼신의 노력을 마다않는 언니의 이야기나(「너네 아빠 어딨니?」), 영혼을 병 속에 보존하는 기술을 개발하게 되고 나중에는 더 강력한 영체가 개발되어 영혼들이 온 우주를 자유롭게 누리며 영생을 누릴 수 있게 된다거나(「천국의 왕」), 죽은 가족을 자신이 가진 특별한 능력으로 다시 창조해낸다거나(「거울 너머로 가다」) 하는 이야기들은 참으로 비현실적이지만, 동시에 나에게는 얼마나 현실적인가 말이다.

그동안 혼자서 조용하고 두서없이 뿜어왔던 염원들을 알아주어서, 나는 이 책에게 무척 감사하다.

다시, 보통날

조성준 글/박희경 그림 – 디어마마 – 2016년 10월

인기가 많은 독립출판물.

작가의 이름이 부각되지 않고, 표지도 그렇고, 김보통 작가님을 자연스럽게 떠올리게 한다.

특별해지고 싶었던 어떤 보통 사람, 어느 날 암벽 추락 사고로 보통날마저 잃고, 그것을 다시 찾기까지의 과정을 기록한다.

30미터 높이에서 추락하여 기적처럼 죽음을 모면한 저자는 이 책을 그저 생각의 흐름대로 써서 다소 두서없을 수 있음을 미리 밝힌다. 수긍이 가는 고백이었다.

또한 인생을 송두리째 뒤흔드는 고통을 지났지만 그랬다고 해서 웬만한 고통에 꿈쩍도 안 하는 그런 강인한 사람이 되는 게 전혀 아니더라는 고백 또한 계속 마음에 남는다. 사실은 내가 늘 나에게 갖고 있는 불만이다.

변신·시골의사

프란츠 카프카 – 전영애 옮김 – 민음사 – 1998년 8월

1년 전 잘 다니던 직장을 그만두고 프라하로 떠났던 희정 언니를 만나기 위해 프라하에 간 적이 있었다. 언니는 프라하에서 씩씩하게 가이드를 하고 있었다. 예전에 언니가 내 공연을 보고 나서는 '내가 노래할 것도 아닌데 무대에 등장하는 널 보면서 왜 그렇게 내가 떨었는지 모르겠다'고 말했던 적이 있다. 마이크를 차고 사람들 앞에 선 언니를 보는데 그 마음을 알았다. 아주 내가 벌벌 떨었다.

프라하에 머문 지 일주일이 지난 후 언니는 여기까지 와서 유럽의 다른 나라를 안 들러볼 수는 없는 일이라며 억지로 바르셀로나로 떠밀었다. 그녀의 서재에서 급하게 카프카의 『변신』을 꺼내들고 왔다.

> 거기서 온 밤을 머무르며, 그는 선잠에 잠겼다가 배가 고파 자꾸자꾸 놀라 깨면서, 또 그러면서도 근심과 불분명한 희망에 잠기기도 하며

보냈다.

바르셀로나에서는 내 식대로의 여행이었다. 주변을 그저 어슬렁거리다가 되는대로 간단히 식사를 해결하고 해가 지면 숙소로 돌아와 잠이 올 때까지 책을 보다가 '거기서 온 밤을 머무르며 선잠에 잠겼다가 배가 고파 자꾸자꾸 놀라 깨면서, 또 그러면서도 근심과 불분명한 희망에 잠기는' 생활. 아주 오래전에 읽은 기억만 있는 『변신』을 다시 읽으며 나는 하루아침에 흉측한 벌레로 변해버린 그레고르 잠자에게 아주 많이 감정이입이 되었다. 아마도 프라하에서 카프카 뮤지엄을 둘러보고 나서 나 혼자 되게 각별해졌나보다.

마지막 장을 덮고 나서는 좀처럼 잠을 이루기가 힘이 들 정도였다.

침대 하나가 전부인 좁은 방안에서 괴롭게 뒤척이던 중 감사하게도 또하나의 이야기를 떠올릴 수 있었다. 그것은 무라카미 하루키의 『여자 없는 남자들』에 수록되어 있는 단편 「사랑하는 잠자」였다. 카프카의 『변신』에 바치는 따뜻한 오마주. 서둘러 이불을 박차고 일어나 전자책을 뒤져보았지만 무라카미 하루키의 책들은 전자책으로 한 권도 나와 있지 않았다. 괴롭고 답답한 밤이었다.

나는 결국 「사랑하는 잠자」를 읽는 데 성공했다.

책방무사를 돌봐주고 있던 종수에게 부탁해 사진으로 그 단편을 받았던 것이다.

이제와 생각하면 보통 유난스러운 부탁이 아니다. 시차 때문에 당시 이른 아침이었던 서울에서, 아무리 짧은 소설이라고 해도 페이지마다 한 장 한 장 사진으로 찍어서 이메일로 보내준 종수도 얼마나 내가 짜증났을까.

고마워 이종수.

2017 1

17

화요일

고로 나는 존재하는 고양이

진중권 – 천년의상상 – 2017년 1월

진중권씨가 고양이를 키우면서 그 매력에 홈빡 빠졌다는 말은 어디선가 들었다.

어느 인터뷰 기사를 보니 많은 사람들이 그의 이번 책을 보고 '드디어 올 것이 왔다'고 생각했다고 하던데, 고양이 집사로서의 새로운 인생도 언젠가는 책으로 만나볼 수 있겠구나 기대한 것은 나뿐만이 아니었나보다.

『고로 나는 존재하는 고양이』라는 제목의 책을 펼쳐보기 전에는, 그의 고양이 루비와의 좌충우돌 일상을 적어내려간 책일 거라고 막연하게 생각했다. 대부분의 고양이 관련 서적이 그렇듯 말이다. '그렇다면 당연히 처음엔 루비와의 첫 만남으로 시작하겠지. 루비는 어떻게 만났을까, 그때의 사진도 실려 있겠지, 애기 고양이란 그 치명도가 정말 굉장할 테니 마음의 준비를 좀 해야겠다……'

그리고 그렇게 '마음의 준비'를 마치고 펼친 첫 장에는, 뜬금없이 고양이의 기원이 줄줄 적혀 있었다. 게다가 기대했던 꼬마 루비의 사진이 아니라 생전 처음 들어보는 '근동 고양이'라는 애들이 사진 속에서 나를 쳐다보고 있었다(물론 얘네도 귀엽긴 했다).

이, 이런 것이…… 지식인의 사랑법이구나……

나 역시 고양이를 키우지만 단 한 번도 궁금해본 적 없었던 질문—고양이는 어디에서 왔을까?—을 던지며 포문을 연 이 책은 뒤이어 왜 성서에 고양이는 등장하지 않는지, 시대별로는 어떤 대접을 받았는지(사랑을 받았다가 마녀 대접을 받다가 다시 사랑받았다가 한다), 동서양에서는 또 어떻게 다른지 등등 고양이의 역사학을 폭넓게 다룬다. 다음으로 고양이가 등장하는 다양한 문학을 다루고, 마지막으로는 고양이로부터 시야를 더 확장시켜 동물 대 인간으로 접근하면서 철학가들이 동물을 어떻게 생각했는지 몽테뉴, 데카르트, 레비나스, 데리다 등의 철학가들의 이야기를 두루두루 들려준다. 그의 고양이 루비는 사이사이에 잠깐씩 감질나게 등장할 뿐이다.

이 책을 읽으며 좋았던 점 두 가지.

1. 내가 고양이를 키우면서 가장 철저하게 배우고 있는 것은, '어린 왕자와 여우'식 관계맺음이다.

> "친구를 가지고 싶다면 나를 길들여야 해." 여우가 말했다.
> "그럼 어떻게 해야 하는 거지?" 어린 왕자가 물었다.
> "참을성이 있어야 해." 여우가 대답했다. "우선 내게서 좀 떨어져서 이렇게 풀숲에 앉아 있어. 나는 너를 곁눈질해 볼 거야. 넌 아무 말도 하지 말아. 말은 오해의 근원이지. 날마다 넌 조금씩 더 가까이 다가 앉을 수 있게 될 거야."

고양이와 친구가 되려면 (개에 비해) 더 질긴 인내심이 필요하다. 참을성과 간식과 장난감을 항시 상비하고 주변에서 하염없이 알짱거려야 한다. 나는 신뢰할 만한 상대라는 것을 조금씩조금씩 매일매일의 수고와 노력으로 보여줘야 하는 것이다. 그게 없이는 고양이와 친구가 될 수 없다. 그냥 네가 귀여우니까 난 널 만져야겠다는 마음으로 무작정 만지고 안으려고 하는 것은 고양이에게 큰 스트레스가 된다.

이런 식의 관계 맺는 법은 인간과 인간 사이에서도 정말 필수다. 내가 좋아한다고 내 애정을 상대방의 입장에 대한 배려와 고민 없이 무작정 공세하는 것은 넘치는 사랑이 아니라 명백한 폭력이다. 그리고 이것이 폭력이라는 것을 모르는 사람들이 은근히 많다. 엔딩으로 '고양이-되기'라고 챕터를 짓고, 인간중심주의에서 벗어나 고양이처럼 살자는 그의 메시지는 그래서 정말 옳고 반갑다.

2. 미안하지만 이제 고양이 소재는 웬만하면 진부하다. 고양이 자체의 사랑스러움과 별개로 그렇다. 나 역시 '나영이'라는 길고양이에 대한 노래를 만든 적이 있지만, 앞으로 고양이에 대한 노래를 만들지는 못할 것 같다. '고양이 노래'라는 것이 주는 고정관념을 넘어설 자신이 없기 때문이다. 진중권씨도 이 책을 쓰면서 '고양이 책'이라는 것이 주는 지배적인 편견을 의식하지 않을 수 없었을 것이다. 그런데 하나도 진부하지 않게 그리고 굉장히 지적으로 자신의 반려묘에 대한 사랑을 증명해 보였다. 루비라는 고양이 한 마리를 넘어 고양이라는 종 자체를 감싸안는 지식인의 사랑. 멋있다.

박사가 사랑한 수식

오가와 요코 – 김난주 옮김 – 이레 – 2004년 7월

수, 가 아름다움이 될 수 있다니.

수학자들은 다 알면서 다들 왜 내색을 안 한 것일까.

이제는 그 어떤 것에서도 아름다움을 발견할 수 있을 것 같다.

꿈에서도 질색하는 고수나물에도 아름다움이 있기는 있을 것이다.

이 책은 영화로도 만들어졌다.

거기에도 아름다움이 있었다.

수학자의 아침

김소연 – 문학과지성사 – 2013년 11월

언니가 시집의 제목으로 '수학자의 아침' 어때요, 하고 물었을 때 '박사가 사랑한 수식' 생각이 났다.

나는 이 책이 책이 되기 전의 얼굴을 안다.

아주 두껍고 따뜻했다.

그 얼굴들을 주면서 이중에 수진씨 생각하며 쓴 시가 있으니 맞춰보세요, 했다.

모든 얼굴의 범인이 다 나인 것 같은 기쁨과 고통.

그 속에서 나는 이 책의 표지 속 언니의 얼굴을 그렸다.

그 두껍고 무거웠던 것이 이렇게 얇고 작아져 책이 되는 게 이상했다.

역시 책이 너무 얇다는 생각뿐이다.

되찾은 : 시간

박성민 – 책읽는고양이 – 2016년 11월

프루스트의 서재 대표님이 책방을 준비하고 운영하던 1년간을 진솔한 기록으로 담아냈다.

책방에 대해서라면 나는 진짜 할말이 많다. 근데 대체로 있는 그대로 말하지는 않는 편이다. 어떻게 말해도 내 뜻이 제대로 전달되지 않고 언제나 곡해되는 느낌이 든다.

할말이 많은데 안 하는 데에는 수고가 조금 필요한데, 이 책 덕에 견딜 만하다.

수다를 떨 수 있는 친구가 되었다가 지침을 내려주는 나침반이 되었다가 하면서 이 책은 내 책방에서 조금씩 너덜너덜해지고 있다.

21
토요일

우리는 모두 페미니스트가 되어야 합니다

치마만다 응고지 아디치에 – 김명남 옮김 – 창비 – 2016년 1월

시집처럼 얇고 굉장히 친절해서 읽는 데 금방이다.

페미니즘에 기본적으로 경계심이나 반감이 있는 사람들에게 입문용으로 추천하기 적당하다.

그리고 나는 방금의 두 문장으로 이 책을 설명하는 게 기분이 안 좋다.

남편의 아름다움

앤 카슨 – 민승남 옮김 – 한겨레출판 – 2016년 1월

'기타로 오도바이를 타자 오도바이로 기타를 타자'는 노랫말이 있다. 이상한 문장이다. 그런데 이상하게 뇌에서 말이 되게 그림을 그려준다. 그래서 결과적으로 이 문장은 큰 무리 없이 이해가 된다.

이 책의 표지에는 이런 글이 적혀 있다. "스물아홉 번의 탱고로 쓴 허구의 에세이". 아무리 생각을 해봐도 탱고로 에세이를 쓰는 그림을 뇌가 그려주지 않는다. 게다가 에세이가 허구가 되면 그것은 에세이가 아닌 것이 아닌가.

이 책을 읽게 된 동기는 순전히 표지에 적힌 말이 황당해서였다. 다 읽은 지금, 이 책을 백 퍼센트 이해했다고 말할 자신은 없다. 그러나 주변에 매우 열정적으로 추천하고 있다.

너무 아름다워서 그렇다.

추천해준 사람들에게는 다 안 좋은 얘기만 들었다.

킹콩걸

비르지니 데팡트 – 민병숙 옮김 – 마고북스 – 2007년 8월

'못난' 여자들을 위한 페미니즘 이야기, 라는 부제가 달려 있다. 못생겨서 남자에게 사랑을 못 받았기 때문에 페미니스트가 된 게 아니냐는 조롱은 페미니스트들이 받는 굵직한 공격 중 하나이다. 부제에 강하게 이끌려 읽었다.

가장 인상적이었던 부분은 비르지니가 모르는 남자들에게 강간을 당하고 정신적 충격 속에서 지내다가 읽었다는 어느 칼럼 이야기였다.

그 칼럼의 저자는 강간당한 피해자들에게 위로를 건네는 대신 버럭 성질을 냈단다. 그깟것 가지고 집에서 나오지도 않고 빌빌거리느냐, 별거 아니다, 훌훌 털고 예전처럼 어서 지내든지 아니면 지금처럼 집안에서 루저처럼 살아라.

비르지니는 처음에 자신이 처한 충격을 별일 아닌 듯이 치부하

는 것에 미칠 듯이 화가 났다고 한다. 그러다가 다음 순간, 아주 자유로움을 느꼈다고 한다.

강간당하면 인생이 마치 그길로 끝나버리는 것처럼, 이제는 더 이상 인간답게 살 수 없는 것처럼, 이제 남은 길은 창녀가 되는 것뿐이라는 것처럼 동정하고 걱정하는 사람들보다, 그거 별거 아냐! 아무 일도 아니야! 그건 널 망칠 수 없는 사소한 일일 뿐이야! 하고 말해주는 목소리가 참으로 고마웠다는 것이다.

남의 고통에 임하는 나의 자세에 대해 처음부터 다시 생각해보게 되는 계기가 되었다. 생각을 진짜진짜 많이 했다. 남의 고통 앞에서도 지금처럼 생각을 진짜진짜 많이 해야 한다는 것만 일단 알겠다.

빨강의 자서전

앤 카슨 – 민승남 옮김 – 한겨레출판 – 2016년 1월

『남편의 아름다움』을 읽고 다른 작품이 또 없는지 찾다가 몇 년 전 이 책을 썼다는 것을 알았다.

그리스 신화 속 빨간 괴물 게리온의 입장에서 쓴 헤라클레스와의 슬픈 사랑이야기, 라고 거칠게 요약할 수 있겠다.

이 책도 쉽지는 않았고(나는 신화에 약하다) 그러나 역시 어질거리게 아름다웠다.

어쩌면 이 작가는 이토록 문장을 아름답게 쓰는가 알아보니 그녀는 시인이기도 했다.

나는 정말 아름다운 문장이라면 사족을 못 쓰는 것 같다.

이 책도 책방 단골 준식에게 추천했는데, 반응이 시원찮았다.

우울은 허밍

천수호 – 문학동네 – 2014년 9월

내가 읽은 시 중에 가장 무서운 시가 들어 있다.

그럼에도 피로를 이기지 못해 지하철 안에서 읽다 졸았다.

밴드에서 기타 치는 세과에게 마침 뭐 하냐는 연락이 와서,

시집을 읽다가 졸고 있었다고 했다.

시는 나에게 늘 어렵다고 했더니 세과가 "나만 그런 게 아니네!" 라면서 기뻐했다.

세과가 기뻐하는 것을 보니 기분이 좋아져서 익살을 떨었다. 나는 시집을 읽는 게 아니라 구경하는 기분으로 본다고 말했다. 동대문에서 옷 쇼핑하듯이, 단어 쇼핑하는 거라고 했다. 세과는 더 기뻐했다.

일부러 과장해서 말한 건데도 말해놓고 보니까 틀린 말은 아니다.

안녕 주정뱅이

권여선 – 창비 – 2016년 5월

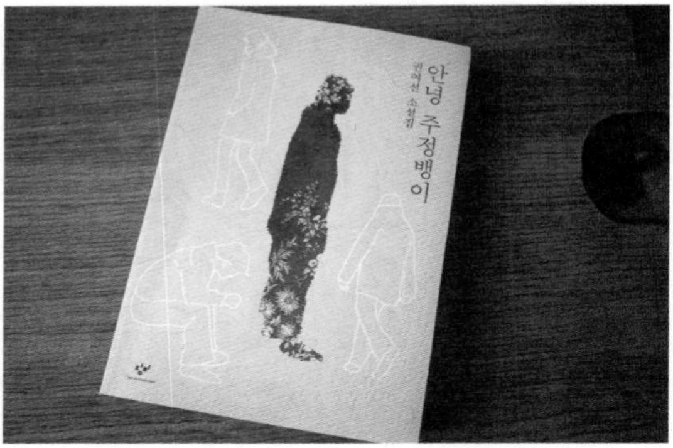

단편집. 등장하는 매 단편의 기저에, 혹은 결정적 순간에 술이 있다.

술을 잘 먹는 사람은 술을 못 먹는 사람들이 궁금하다.

속상하고 우울하거나 기쁘고 신날 때, 혹은 연애할 때, 여행 가서, 잠이 안 올 때, 분위기 낼 때, 심심할 때, 혼자 집에서 영화 볼 때, 책 볼 때,

술을 안 먹으면 대체 뭘 하면서 시간을 보낸단 말인가?

반대로 술을 못 먹는 사람들은 술 잘 먹는 사람들이 궁금하다.

왜 속상하면 속상한 대로, 기쁘면 기쁜 대로 온갖 것에 핑계를 대면서 술을 마셔야 하는지, 술의 어디가 맛이 있다는 건지, 꼭 토할 만큼 마셔야 하는 건지, 그러고 나서 다음날 어떻게 또 해장이랍시고 마실 수 있다는 건지!

나는 술을 좋아한다.
의심없이 좋아했다.
지금은 조심성 없이 좋아하다가 위험해질 수 있다는 것을 안다.
지금도 나는 의심 없이, 조심성 없이 좋아한다.
단, '집에서', '혼자' 마신다는 전제하에서 그러하다.

술을 좋아하는 사람이라면 이 책이 재미없기는 힘들 것이다.
술을 좋아하지 않는 사람에게 이 책은 어쩌면 더 재미있을지도 모른다.
(재미라고 표현했지만, 신나고 유쾌한 종류의 재미는 아니다.)
술을 좋아하는 사람과 좋아하지 않는 사람 사이에 존재하는 불협이 나는 좋다.
이 불협은 여러 예술작품을 신나게 한다.
대표적인 게 〈라스베이거스를 떠나며〉라는 영화일 것이다.
니콜라스 케이지를 이해하네 못하네 팽팽해진 사람들을 구경하며 이 영화는 얼마나 신이 나겠는가 말이다.
이 책도 그렇게 자주자주 신났으면.

소설의 첫 문장

김정선 - 유유 - 2017년 1월

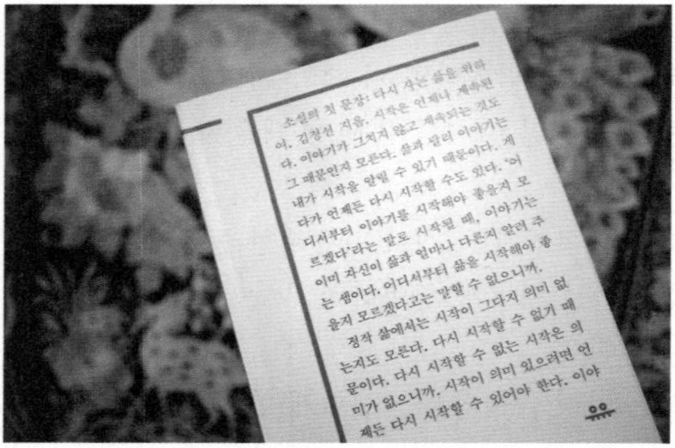

소설의 첫 문장을 버튼 삼아 짧은 단상을 적어놓은 에세이.

나는 소설의 첫 문장에 크게 의미를 두지 않고 오히려 앞 몇 장에 의미를 두는 편이다.

몇 장 읽다가 영 읽히지 않으면 미련 없이 읽기를 그만두고 다른 책을 찾았다.

세상에는 책이 너무나너무나 많기 때문에 굳이 읽히지 않는 책을 붙잡고 씨름할 필요는 없다는 것이 내 지론.

그래서인가 개인적으로 기억나는 소설의 첫 문장은 『이방인』뿐이다.

김정선 작가님은 책을 다 읽고 나서 다시 한번 첫 문장을 읽는 것으로 그 책의 독서를 마무리한다고 한다. 아주 근사한 독법이라고 생각해서 나도 앞으로 따라 해볼 생각이다.

책섬

김한민 – 워크룸프레스 – 2014년 2월

이 책을 읽고 김한민 작가의 모든 책을 주문했다.

연애하지 않을 자유

이진송 – 21세기북스 – 2016년 4월

『계간홀로』라는 계간지가 있다.

전면에 B급 정서를 드러내면서도 글은 아주 훌륭해서 독립출판물을 좋아하는 사람이라면 『계간홀로』는 다 좋아한다. 『연애하지 않을 자유』는 『계간홀로』의 번듯한(?) 버전이다. 유명한 출판사에서 미끈하고 근사하게 잘 만들어주었다. 그러나 『계간홀로』에서 감초 이상의 역할을 해주던 짤방들을 하나도 볼 수 없다는 슬픔은 아마 나만 느낀 게 아니었을 것이다. 혼자서도 잘 지내는 싱글(특히 여자)에게 가해지는 연애, 더 나아가 결혼과 출산의 강요들에 퍼붓는 시원한 폭포수 같은 노땡큐들.

연애로 시작하는 이야기이지만 그 잔가지가 얼마나 많은지 결국엔 페미니즘 얘기가 안 될 수가 없는, 그래서 결론은 페미니즘 추천서로도 아주 훌륭한 책이다.

나는 진송씨의 활약이 내심 기대된다.

대한민국을 이끄는 큰 위인이 될 것 같다. 짤방을 볼 때부터 그런 느낌이 왔다.

자유로울 것

임경선 – 예담 – 2017년 1월

옛날얘기 잠깐 하겠다.

중고등학교 다닐 때 내가 제일 싫어하는 부류의 애들에 대한 얘기이다.

그때 나는 대체적으로 애들을 다 좋아하지 않았다. 뭘 잘하면 잘해서 싫고 못하면 못해서 싫은 식이었다.

그중에서도 대놓고 싫어했던 부류는 오래매달리기 만점 받는 애들이었다. 당시에는 최선을 다하는 행동이 되게 멋없고 구질구질해 보였다. 나는 되도록이면 애들에게 최선을 다하지 않는 모습으로 비치고 싶었다. 그게 성공했던 모양인지 그때 내 별명이 매사 심드렁하다고 '신드렁'이었다(내 성이 신씨이기 때문에). 그런 내 눈에 최선을 다하는 모습이 가장 적나라하고 흉하게 드러나는 현장이 바로 체력장, 체력장 종목 중에서도 단연 오래매달리기.

매달린 지 10초 정도가 지나면 몸에서 경련이 조금씩 일기 시작했다. 이어서 두 다리가 절박하게 꼬이고 두 팔은 부들부들거리고 얼굴은 울그락붉그락거리며 여기저기서 혈관이 두드러지고 눈이 충혈되고, 전반적으로 터질 것 같은 폭탄 모양이 됐다. 만점을 받는 애들은 그런 모습을 수십 초 동안 전시했다. 심지어 어떤 애들은 선생님이 만점이라고 외쳐도 여전히 부들거리는 붉은 폭탄의 모습으로 철봉에서 내려올 생각을 안 했다. '아, 추해.' 나는 그런 애들을 쳐다보며 속으로 경멸했다. 그리고 내 차례가 되면 매달리는 제스처를 의욕 없게 잠깐 했다가 체육 선생님이 시작! 하고 구호를 외침과 동시에 아무 미련 없이 사뿐하게 땅으로 내려섰다. 이게 뭐라고 그렇게들 아등바등거리는 거야, 도저히 이해할 수 없다는 오만한 표정으로 내 자리로 돌아왔다. 체력장이 있던 날 밤에는 꼭 '어른이 되어도 절대 오래매달리기 만점 받는 애들처럼 살지 않을 거'라고 일기에 썼던 것을 지금도 기억한다.

그런 애였고 대체로 그렇게 20대도 살았다.

옛날의 내 얘기 끝났다.

3년 전쯤의 내 얘기 또 짧게 하겠다.

3년 전쯤 임경선 작가님은 다음에 무슨 책을 쓰면 좋을지 적당한 영감이 떠오르지 않아 고민이 된다고 메신저로 내게 토로하셨던 적이 있다.

작가님의 소설 『기억해줘』가 막 출간되던 즈음이었다.

"아니, 지금 책 나온 지 며칠이나 되었다고 벌써 다음 책 고민을 하세요."

나는 약간 면박을 주었다.

"이번 책 홍보 느긋하게 하면서 충분히 좀 쉬고 뒹굴뒹굴해야 이런저런 생각도 나죠. 모름지기 예술가라면 좀 게으른 맛이 있어야지, 지금 좀 너무 성실하세요."

이런 식의 말을 했다.

작가님은 아, 그런가…… 하면서 내 말을 진지하게 들어주셨다.

3년 전쯤의 내 얘기 끝났다.

한편 3년 전쯤의 임경선 작가님 얘기를 그녀의 신작 『자유로울 것』에서 짧게 가져와보겠다.

> 딸아이를 아침 여덟시 반까지 초등학교 데려다주고 그길로 곧장 글을 쓰러 갔다. 주 사흘은 집에서 꽤 먼 상수동 카페로, 주 이틀은 집 앞 카페로 노트북 가방을 메고 출근 도장을 찍었다. 하루는 덧없이 훌쩍 지나갔다. 오후 네시엔 초등학교 방과후 돌봄교실에 있는 딸아이를 데리러 가야 했다. 그때쯤이면 노트북 배낭은 납덩이처럼 무겁게 느껴졌고 다리는 뻣뻣했다. 열이 머리끝까지 올라와 머리는 뜨거웠고 신경은 한껏 예민해져 있었다.

작가님은 매일 그런 생활을 하면서 소설 『나의 남자』를 완성했던 것이었고, 책이 나오자마자 다음엔 뭘 써야 할지 걱정이라고 나에게 토로했던 거였다. 그녀는 그렇게 계속 '딸아이를 아침에 학교에 데려다주고 오후에 데려오는' 생활을 하면서 다음 책 『태도에 대하여』라는 에세이를 썼고, 뒤이어 또 '딸아이를 아침에 학교에 데려다주고 오후에 데려오는' 생활을 하면서 『자유로울 것』이라는 에세이를 썼다.

3년 전쯤의 임경선 작가님 얘기 끝났다.

이제 현재 내 얘기 조금 하겠다.

나는 이제 건강을 지키는 것이 아주 중요하다고 생각한다. 아무리 귀찮아도 운동해야 한다고, 먹는 음식에도 신경써야 한다고 생각한다. 건강해야 내가 좋아하는 음악을 더 잘할 수 있고 더 오래할 수 있기 때문이다. 성실해야 한다고 생각한다. 규칙적인 삶을 스스로에게 체화시켜야 한다. 언제까지나 영감을 기다리면서 느긋하게 있어서는 안 된다. 계속해서 연습하고 생산해야 한다. 그런 식으로 성실이 전제된 최선을 반복해야 한다. 그래야 내 음악, 아니 음악뿐만 아니라 그 무엇이라도 조금씩 나아지고 있다는 것을 느낄 수 있기 때문이다. 늙어가는 삶이 아니라, 자라나고 있는 삶을 살 수 있기 때문이다.

나는 이제 '오래매달리기 만점 받는 애들'처럼 생각하는 사람이 되었다.

마흔을 목전에 두고 이제와 문득 다급해져 일어난 변화일 수도 있다. 그러나 단언하건데 내가 곁에서 수년간 지켜본 임경선 작가님의 삶과 그 삶이 정확하게 녹아들어간 책들이 없었다면, 지금 이 문단은 못 썼다.

마지막으로 몇 시간 전 임경선 작가님과 내 얘기 조금 하겠다.

임경선 작가님은 메신저로 나에게 정말 버라이어티하게 일한다며 언뜻 대단하다는 듯이 말했다.

나는 속으로 '이게 다 누구 때문인데'라고 생각했다.

다 리듬 때문이었어

김성은 – 21세기북스 – 2017년 4월

태어나 모국어로 사용하는 '언어' 외에,

자기가 살아온 방식으로써 형성되는 또다른 언어 세계가 나란히 존재한다고 생각한다.

나는 음악가이기 때문에 형성된 문법이 있다.

내가 예전에 어떤 술자리에서 이런 말을 했다고 한다.

모듬전과 김치들이 안주로 나오고 막걸리를 마셨던 자리였다.

"이 배추김치보다 저 열무김치가 음이 더 높네요."

이 책은 자기 자신과 타자와의 관계, 그리고 집단 속 사회 전반을 '리듬'으로 해석하고 풀이한다.

함께 읽은 친구는 약간의 억지가 느껴지기도 한다고 했지만,

이미 음악적 문법이 체화되어 있는 나에게는 모든 이야기가 지당하기만 했다.

February

2017 2
1

수요일

천천히, 스미는

버지니아 울프 외 – 강경이 옮김 – 봄날의책 – 2016년 9월

영미 작가들의 짧은 산문이 담겨 있다.

맨 처음에 수록된 버지니아 울프의 「나방의 죽음」만을 위해서라도 이 책은 소장해야 한다.

「나방의 죽음」을 맨 처음 작품으로 배치한 것이 불만이다.

나는 아직도 제일 좋아하는 반찬은 제일 마지막에 먹어야 한다고 생각하고 있다.

무비, 페미니즘 1호

독립출판물

텀블벅으로 후원해서 받은 책.

페미니즘적 시선으로 영화를 보고, 영화 속 여성들을 통해 페미니즘을 이야기하는 책이다.

영화 한 편 한 편을 통해 내뱉는 필자들의 말투나 기본적으로 임하는 자세 같은 것이 굉장히 날카롭게 벼려져 있다.

(심지어 심슨 가족의 리사를 얘기하면서도.)

이런 뾰족한 태도가 너무 좋고, 2호도 동동거리는 마음으로 기다릴 것이다.

또 후원이 필요하다면 할 것이다.

내 문장이 그렇게 이상한가요?

김정선 – 유유 – 2016년 1월

이 책은 나의 숙원 도서 중 한 권이었다.

나의 문장에 문제가 많다는 것은 이 책을 읽지 않더라도 충분히 알 수 있었지만 이 정도일 줄은 몰랐기 때문에 다 읽고 나서 예상한 것보다 더 침울했다.

제목만 봤을 때는 유머러스하게 느껴졌는데 책을 다 읽어보면 진지한 질문이었다는 것을 알 수 있다. '우리는 모두 이상한 문장을 쓰고 있다'는 문장을 읽으며 기분이 짜릿했다.

헬로 오지니

전현정 글/현숙희 그림 – 주니어김영사 – 2016년 5월

책방에 할말이 많은 얼굴로 들어온 손님이 있었다.

한참을 말없이 책을 구경하다가 내가 만든 『이구아나』라는 동화책을 들고 다가왔다.

조심스럽게 팬이라고 말을 꺼내던 그녀의 얼굴이 자꾸 울려고 하는 듯했다. 고맙습니다 하고 조금 더 그녀의 얼굴을 들여다보았다. "실은 얼마 전에 동생을 잃었는데요, 그때 요조님의 글과 음악이 정말 큰 힘이 되었습니다. 감사합니다."

결국 그녀는 울었다.

짧게 눈물을 흘린 뒤에 그녀는 이 책을 건네주었다.

나와 눈물의 파이팅을 나눈 이 사람, 이 책의 저자인 전현정 작가님이었다.

나 역시 내 책을 계산 없이 선물로 드렸다.

금발의 푸른 눈으로 태어나 영어는 한마디도 하지 못하는 혼혈

아 오지니의 이야기.

1990년대 인기 그룹 중 하나였던 잉크의 멤버 중에 이만복이라는 사람이 있었다.

외모는 영락없는 흑인이었지만 영어를 전혀 하지 못했던 이만복.

그가 방송에 나와 한국말을 한국 사람처럼 하던 것이, 그럴 수도 있다는 것이, 나에게는 충격이었는데.

당연히 외국 사람일 것이라고 생각하고 영어로 길을 묻는 외국인에게 더듬거리며 영어 못해요, 손사레치는 오지니를 보면서,

우리가 모르는 슬픔을 볼 수 있는 작가님의 눈에 대해 생각해보았다.

그 눈이 나의 책방에서 흘린 눈물을 생각해보았다.

고흐 씨, 시 읽어 줄까요

이운진 – 사계절 – 2016년 10월

어떤 사람들에게 시와 그림은 사는 데 별로 필요가 없는 것일지도 모르겠다. 어려워서 무슨 말인지 알 수 없을 때가 많고 당장에 중요한 고민을 하기에도 하루는 늘 빠듯하곤 하니까.

이 책은 그런 사람들의 친구이다.

비유로서의 친구가 아니라 정말 친구이다.

친구이므로 기다리고 있다.

마음만 먹으면 만날 수 있다.

책 따위 안 읽어도 좋지만

하바 요시타카 – 홍성민 옮김 – 더난출판사 – 2016년 10월

사람들이 서점에 오지 않는다.

그래서 나는 책을 가지고 사람이 있는 곳을 찾아가는 일을 한다.

책을 다 읽고 나는 다시 맨 앞장으로 돌아온다. 책방을 운영해오며 '사람들이 서점에 오지 않는다'는 말은 나 역시 수없이 내뱉었다. 그러나 그다음 문장까지 내뱉을 생각은 단 한 번도 해본 적 없었다.

놀랍다. 이토록 근사한 인과因果.

2017 2
7
화요일

않아는 이렇게 말했다

김혜순 글/이피 그림 – 문학동네 – 2016년 3월

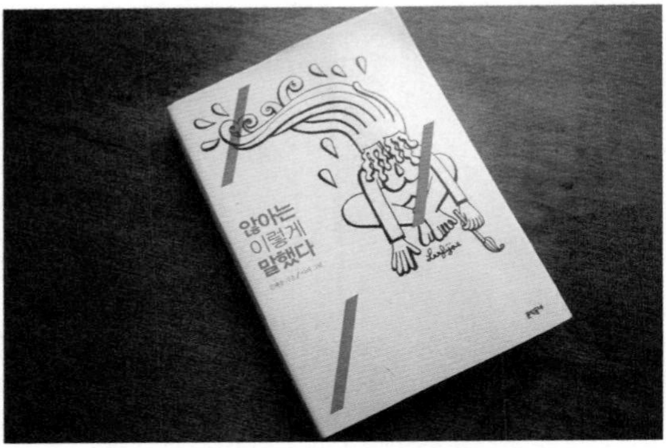

'노래는 어떻게 만드는 거예요'라는 질문을 많이 받는다.

늘 '그냥 만든다'고 대답한다.

불친절한 대답이 아닐 수 없는데, 이보다 더 솔직할 수 없는 대답이기도 하다.

시인에게 시는 어떻게 쓰는 건지 물어본 적이 있다.

시를 간절하게 쓰고 싶었기 때문이었다.

"시를 가르쳐주세요."

시인은 이렇게 대답했다.

"수진씨가 시를 써와야 내가 가르쳐주지요."

말하자면 일단은 '그냥 써라'인 셈이었다.

나는 내가 노래를 '그냥' 만들 듯이 '그냥' 시를 쓸 수 있기를 바랐다. 시인의 시 수업을 조금 듣기도 하였고, 이런저런 도움이 될 만한 책도 읽었다. 김혜순 시인의 『않아는 이렇게 말했다』라는 책은 그중 한 권이다.

> 시를 쓴다는 것은 시 속에서 내가 죽을 것을 목격하는 것. / 시의 절정은 죽음의 순간, 겨자씨 같은 죽음만 남고 모두 부재하게 되는 그 순간. / 그리하여 내가 지금 한 편의 시를 써나간다는 것은 시를 쓰면서 반딧불 같은 죽음을 작은 숨으로 감싸안은 채 견딘다는 것.

이 책을 읽으며 외국처럼 아득해졌고, 무슨 말인지 하나도 알 수가 없었고, 눈을 부릅뜬 채 물속에서 허우적거리는 기분이었다. 그러면서도 귀퉁이마다 도그지어를 만들었다.

2017 2
8
수요일

서평 쓰는 법

이원석 – 유유 – 2016년 12월

얼마 전 어떤 책에 대한 내 리뷰가 '까였다'.

책의 줄거리가 글 속에 충분히 들어가 있지 않아 독자들이 책에 대한 정보를 알기 어렵다는 이유에서였다. 엄청난 부끄러움 속에서 이 책을 발견하고 공부하는 마음으로 읽었다.

이 책에 따르면 독후감과 서평은 엄밀히 같은 말이 아니라고 한다.

리뷰–독후감–서평 다 같은 말로 쓰곤 했던 나는 초반부터 뜨끔하지 않을 수 없었고.

독서라는 것의 완성은 비로소 '서평'에서 이루어진다는 책의 분명한 주제는,

나에게 양치질 같은 것이라고 해야 할까. 운동이라고 해야 할까.

아무튼 해야 하는 거 아는데도 너무나 하기 싫은 모든 것, 그 세계에 서평 쓰기도 있는 것이었다.

훌륭한 리뷰를 쓰지 못해 까이기도 하는 사람이 이렇게 리뷰 책을 쓰고 있어도 되는 걸까.

소설처럼

다니엘 페낙 – 이정임 옮김 – 문학과지성사 – 2004년 4월

대부분의 사람들은 자신이 읽은 것에 대해 말이 없다. 책을 읽은 즐거움을, 우리는 누구에게도 드러내고 싶지 않은 자신만의 느낌으로 간직하고자 한다. 그것은 책에서 그다지 화젯거리가 될 만한 내용을 찾지 못해서일 수도 있지만, 자신의 느낌을 발설하기 전에 시간을 두고 설익은 생각을 가다듬으며 농익도록 뜸을 들이느라 그럴 수도 있다. 그런 순간의 침묵은 우리 내면의 풍경을 드러낸다. (……) 책을 읽었으되 우리는 말이 없다. 책을 읽었기 때문에 말이 없는 것이다. 설사 생각지도 못한 감시병이 튀어나와 '어때? 재미있어? 이해가 되니? 뭘 느꼈는지 얘기해봐!'라고 심문을 일삼는다 한들 우리에게서 답변을 끌어낼 수는 없을 것이다.

오 예. 그래.

괜찮아! 각자의 책은 마음속에서 적당한 때를 기다리면서 농익고 있다고!

2017 2
10
금요일

eighteen 수학 1

박살쌤 – 자유로운생각 – 2016년 7월

얼마 전 SNS에서 범상치 않은 수학 문제집을 발견했다.

문제집의 제목은 『18』.

이 책 속 모든 문제의 정답은 18이다. 답보다도 답을 알아가는 과정이 중요하다는 것을 강조한 문제집.

표지에는 레옹처럼 검정 선글라스를 낀 남자가 비장한 표정을 짓고 있었는데, 문제집의 저자였다. 그 저자는 수학을 가르치면서 동시에 맥줏집 사장님이기도 한 특이한 경력을 갖고 있었다.

궁금증에 그 맥줏집을 찾아갔다.

그 맥줏집은 어떤 시끄러운 맥줏집의 아래층에 조용하게 있었다. 아담한 지하에서 마주한 저자는 책의 표지와는 다르게 아주 순박하고 사람 좋은 이미지였다. 문제집을 보고 찾아왔다고 고백하자 사장님은 수줍게 기뻐하며 갑자기 구석의 어딘가로 사라졌다가 책 더미를 들고 다시 나타났다. 직접 만드신 또다른 수학책들이었다.

하나같이 위트가 넘치고 유머러스한 콘셉트였다.

대부분 어렵고 지루하다고 여기는 수학을 학생들이 조금이라도 더 쉽고 재미있게 공부할 수 있도록 끊임없이 고민한 흔적이 역력했다.

오가와 요코의 『박사가 사랑한 수식』 생각이 났다.

"자네 신발 사이즈가 몇이지?"
새로 온 파출부라고 말하는 내게 박사가 제일 먼저 물은 것은 이름이 아니라 신발 사이즈였다.
"24인데요."
"오오, 실로 청결한 숫자로군. 4의 계승이야."

사장님은 24가 청결한 수라는 것을 잘 알고 있을 것 같다.
다음에 또 가게 된다면 물어볼 것이다.

2017 2
11
토요일

화에 대하여

루키우스 안나이우스 세네카 – 김경숙 옮김 – 사이 – 2013년 1월

이 책은 세네카라는 철학자 때문에 산 것이다.

관심이 많이 가는 철학자이고, 그래서 더 많이 알고 싶은 마음이 언제나 있었다.

바꿔 말하면 '화'에 대해서는 사실 알고 싶은 것이 별로 없었다. 화라는 것에 대해서 내가 알게 된다고 해서 뭔가 달라질 것이 있을까? 없을 것이다.

나에게 화는 재채기와 비슷하다.

그래서 화를 참으라는 말은 나에게 '재채기를 참으라'는 말과 같다.

재채기를 참는 게 전혀 불가능한 것은 아니지만 역시 이왕이면 시원하게 해버리는 쪽이 낫다.

세네카는 이 책에서 화를 적극적으로 경계하며 그 이유를 여러 개 대는데,

가장 와닿았던 경계의 이유는 '겉으로 보기에 너무나 끔찍하고 두려운 모습'이라는 것.

나는 카페나 길거리, 서점이나 버스 터미널, 음식점 등등 이곳저곳에서 사람들의 화내는 얼굴들을 본다.

세네카의 말대로 정말 끔찍하다. (그리고 슬프다.)

나는 나의 화내는 얼굴도 본 적이 있다.

최악 1위.

인간 실격

다자이 오사무 – 김춘미 옮김 – 민음사 – 2004년 5월

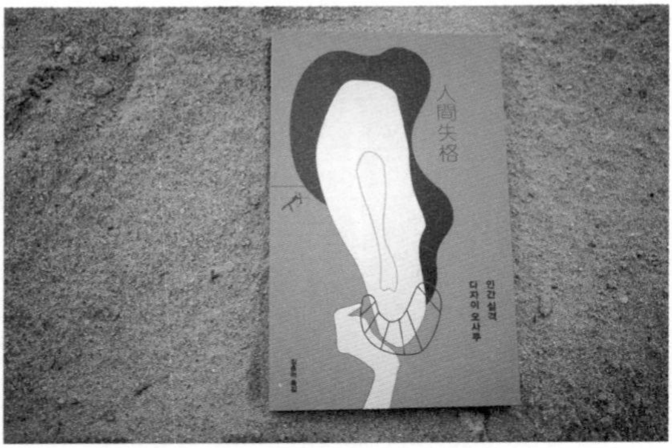

다자이 오사무 씨에게

얼마 전에 책방에서 있었던 일입니다.

여느 때와 같이 책방 문을 열었는데, 바닥에 웬 엽서가 떨어져 있었습니다.

당신이었습니다. 푹 패인 볼에 어둡게 그늘이 진 당신이 악의 없이 미간을 약간 찌푸리고 서 있었습니다.

아마도 누가 간밤에, 혹은 이른 아침에, 책방의 문틈으로 그 엽서를 넣은 모양이었습니다.

(웬만한 문들에는 모두 이런 엽서들이 출입할 수 있는 틈이 있다는 것이 얼마나 감사한 일인지요.)

엽서를 뒤집으니 깨알 같은 글씨가 있었습니다. 그 깨알을 읽어보려고 당신처럼 악의 없이 미간을 약간 찌푸렸습니다. 나는 가슴

이 두근거렸습니다.

그 엽서의 내용을 요약하면 다음과 같습니다.

나는 옛날에 다자이 오사무를 열렬히 사랑했다 당신 때문에 요조라는 이름이 더럽혀졌다고 생각했다 당신을 증오했다 당신의 홈페이지에 악의적인 글을 남겼다 오래전 일이다 지금은 그를 열렬히 사랑하지 않는다 그리고 당신에게 미안하다 엽서에 공간이 부족하다

20대 초반 '요조'라는 이름을 당신의 책 『인간 실격』에서 처음 발견했을 때 말입니다.

갑자기 폭발하듯 일어나는 보호본능 때문에 책을 읽으며 요조라는 이름마다 똥글뱅이를 쳤던 기억이 납니다. 그리고 그 이름을 내 마음대로 취하고 스물일곱 살이 되어 내가 내 이름은 요조my name is yozoh라고 방실방실 데뷔했을 때 얼마간의 사람들로부터 분명한 미움을 사게 되리라고는 꿈에도 몰랐습니다.

'감히 네가 그 이름을 쓰다니.'

미움을 사는 일은 괴롭습니다. 그동안 미움을 살 때마다 순순히 괴로웠습니다. 그러나 누군가를 미워하는 데에 있어서 언제나 더 힘든 쪽은 미움을 받는 쪽이 아니라 미워하는 쪽입니다. 내 홈페이지라면 없어진 지 10년이 다 되어갑니다. 10년 가까이 지난 일을 깨알처럼 적어도 기어이 다 말하는 데 실패한 엽서를 바닥에서 주워 읽은 날부터, 나는 계속 그의 두번째 엽서를 기다리고 있습니다. 아직까지 소식은 없습니다. 혹시 그가 책방에 슬그머니 들르지 않을까 싶어 처음 한동안은 책방에 오는 모든 낯선 이를 예전에 한 번 만난 적 있는 사람의 눈빛으로 맞기도 했습니다.

『인간 실격』을 다시 읽었을 때, 나 역시 당신을 예전만큼 사랑하지 않는다는 것을 깨달았습니다.

사랑은 언젠가 식고, 미움도 마찬가지입니다. 이렇게 말하니까 삶이 공평한 것처럼 느껴집니다.

요조 드림

2017 2
13
월요일

몸의 일기

다니엘 페나크 – 조현실 옮김 – 문학과지성사 – 2015년 7월

(1)

친구에게 문자가 왔다.

뭐 하냐는 한마디였는데 그 한마디가 여느 날 같지 않게 묵직했다.

나는 내가 뭐 하는 중인지 대답하는 대신 무슨 일 있냐고 답장했고 친구는 무슨 일이 좀 있다고 했다.

자궁 쪽에 문제가 있는 것 같다고. 조직 검사 결과를 기다려봐야 하지만 어쩌면 암일지도 모르겠다고 했다.

합주중이었던 나는 갑자기 눈앞이 아찔해지면서 부르던 노래를 잇지 못했다.

이럴 때 뭐라고 이야기해주어야 하는 걸까 머릿속이 정신없이 부산했는데 몸은 경직되어 딱딱해졌다.

정신을 못 차리고 있는 나에게 오히려 친구가 무심하게 말했다.

"너도 몸에 신경쓰고 살아."

(2)

나는 몸을 챙기는 것에 대해 사실 약간 조소하는 경향이 있었다. 이를테면 악착같이 건강보조식품을 사들이고, 몸에 좋다는 유기농 제품만 먹고, 규칙적으로 운동하는 사람들에게 참 대단하다고 감탄하면서도 마음 깊숙한 곳에서는 그들에게 슬며시 야유를 보냈다. 근데 그 야유는 내가 한 달여를 깊이 앓았을 때 완전히 자취를 감춰버렸다. 그동안 은밀하게 몸 근육 불릴 시간에 책 한 자를 더 보는 게 낫겠다고 생각했던 나는 한 달 동안 끙끙 앓으며 책을 정말 단 한 자도 읽지 못했던 것이다. 노래도 할 수 없었다. 아무리 맛있는 것을 주변에서 기운 내라고 갖다주어도 내 몸이 거부했다. 잠도 못 잤다. 나는 정말 '아무것도' 하지 못하고 몸의 절규만 듣고 있어야 했다. 내가 조금이라도 몸 근육을 불리는 데에 시간을 투자했다면, 조금이라도 내 몸의 상태에 관심을 두고 있었다면, 아 내 몸, 내 몸……

내 인생 최저의 몸무게를 기록하는 데 성공하며 겨우겨우 병마에서 벗어난 나는 기진맥진한 채로 이제부터 그 무엇보다 몸을 숭배하리라 다짐했다.

(3)

13세 1개월 8일

1936년 11월 18일 수요일

내 몸의 일기를 쓰려는 또다른 이유는, 모두들 다른 얘기만 하고 있기 때문이다. 몸이란 몸은 전부 다 거울 달린 옷장 속에 버려져 있나보다. (……) 감정, 느낌, 우정과 사랑과 배신의 이야기, 끝도 없는 변명들, 남들에 대해 생각하는 바, 남들이 자기에 대해 생각한다고 믿는 바, 여행 갔다 온 얘기, 읽은 책 얘기 등등. 그러면서도 자기들의 몸에 관해선 결코 얘기하는 법이 없다. 이번 여름에 프랑수아즈를 보면서도 그런 걸 느꼈다. (……) 걔는 감정에 사로잡혀 일기를 쓰긴 했지만 그게 어떤 감정이었는지는 거의 기억을 하지 못하는 것 같다. 그걸 왜 썼어? 나도 모르겠어. 그렇다면 걔는 자기가 쓰고 있는 것의 의미도 제대로 알지 못하는 것이다. 난 오늘 내가 쓴 것이 50년 뒤에도 같은 의미를 갖고 있길 바란다. 정확히 같은 뜻! (50년 뒤면 난 예순세 살이 되겠지.)

'몸 숭배자'로 '개종'한 후 내가 이 책에 빠져든 것은 당연한 수순이었다. 다니엘 페나크의 『몸의 일기』는 말 그대로 한 남자가 10대부터 80대까지 몸에 관해 쓴 일기이다. 철저하게 몸에만 집중한 일기. 그럼에도 불구하고 우리가 통상적으로 떠올리는 일기보다 더 내밀하고 감동적이다. "극사실주의 속에서 태어나 점점 더 느슨해져서 아주 대략적인 점묘법으로 끝나 결국엔 추상의 먼지로 날아가버리"는 인간의 일생을 관망해볼 수 있는 좋은 경험을 이 책은 제공해준다.

(1-1)
나 너를 보니까 더 몸 잘 챙겨야겠다는 생각이 든다.
너가 아프다니까 내가 지금 너무 마음이 아픈데,
내가 아프면 너도 얼마나 마음이 아플까 싶다.

나는 정신을 조금 차린 뒤 친구에게 이렇게 문자를 보냈다. 잠깐이지만 내 몸은 나만의 것이 아니고 친구의 몸은 친구만의 것이 아니라는, 이미 알고 있는 확신이 다시 머리를 스친다.
서로를 위해서 자기 몸을 정성스럽게 돌보는 삶.
우리 모두의 '몸'의 안녕을 빌어본다.

인간은 바쁘니까 고양이가 알아서 할게

이용한 – 예담 – 2015년 5월

고양이를 좋아한다.

처음엔 안 좋아했다.

고양이란 그저 그냥 가끔 나를 놀래키는 동물이라는 정도의 인상만을 갖고 있었다. 그러다 어느 날엔가 음식물 쓰레기를 뒤지고 있는 길고양이 서너 마리를 멀찍이서 한동안 지켜본 적이 있었다. 먹을 것을 부단하게 뒤지느라 한껏 위로 치켜든 엉덩이, 그 위에 꼬리.

몸통과 별개로 살아 있는 것 같은, 완전히 따로 노는 꼬리의 움직임을 심드렁하게 눈으로 좇으면서 나는 어떤 결심을 했다.

'고양이를 좋아해야겠다.'

그 결심은 보통의 결심하고는 느낌이 좀 다르다.

싫어하는 마음을 바꾸어보고자 꾸역꾸역 내키지 않게 하는 그런 것이 아니었다.

이를테면 수학을 좋아해야겠다(수학이 너무 싫다), 저 친구를 좋아해야겠다(너무 싫지만 장점도 있을 거야), 그런 게 아니라 마치 무라카미 하루키가 야쿠르트 스왈로즈의 야구경기를 보다가 외야에서 날아오는 하얀 공을 보면서 갑자기 작가가 되어야겠다고 결심한 것처럼 되게 뜬금없고 맥락 없는 결심이었다. 이유는 모르겠지만, 그냥 이제부터 좋아해야지. 그런 마음이었다.

그런데 정말로 그 결심을 하고 나자 견딜 수 없을 만큼 고양이를 갈망하게 되었다. 신기한 일이었다. 그 털을 쓰다듬고, 품에 안고, 통통한 발바닥을 만지고 싶어서 앓았다. 고양이 카페에 가입하여 이산가족 찾듯이 고양이 사진들을 보다가 며칠 뒤 누군가로부터 주먹만한 새끼 고양이를 덜컥 분양받았다. 고양이를 질색하는 부모님에게 들킬까봐 내 방안에서만 일주일을 키웠다. 그리고 (당연하게도) 결국 부모님에게 걸렸고 등짝을 맞았다. 그 갈 곳 없는 애를 품에 안고 집 근처에 사는 친구 집에 안고 가서 맡아달라고 부탁했다. 친구는 기꺼이 그애를 맡아 키워주었고, 나는 내 집 드나들듯이 친구네 집에 가서 고양이랑 놀았다. 그 고양이의 이름은 링고였다.

고양이를 좋아하지만 여건상 키우지 못하는 사람들에게 고양이 사진집은 고통에 가깝다.

『인간은 바쁘니까 고양이가 알아서 할게』를 집어들 때에도 그랬다. 고통스러울 것을 알면서도 책장을 펼치는 애묘인의 마음. 지나친 귀여움과 사랑스러움에 한 장 한 장 넘기는 일이 괴롭다.

이 책에 대해서는 그닥 설명할 것이 없다.

저자가 우연히 발견한 세 마리의 버려진 새끼 고양이가 시골집으로 보내지고, 그 애들에게 또 새끼가 생기고, 거기 살던 고양이가 딴 데서 고양이를 또 데려오고 하면서 결국 열여섯 마리 대식구가 되는 사정을 (너무 귀여워서) 잔인하게, (너무 사랑스러워서) 끔찍하게 그려내고 있다. 그게 다다.

탁 트인 산속에서 고양이들의 캣 타워니 스크래처니 장난감이니 하는 것들이 다 자연으로 대체된다.

집 앞 다래나무가 아이들의 타워이자 스크래처가 되고 오뎅 꼬치나 쥐 모양 장난감이 아니라 강아지풀(일본에서는 고양이들이 좋아한다고 하여 '고양이풀'이라고 부른다고 한다)과 진짜 쥐, 메뚜기, 두더지가 그들의 장난감이 된다. 이리저리 나풀나풀 뛰어다니는 고양이들을 바라보며 저자는 왜 고양이를 '나비'라고 부르는지 알 것 같다고 말한다.

나비처럼 훨훨 날아다니는 고양이들을 정신없이 보다가 갑자기 링고 생각이 났다. 링고를 못 만난 지 10년이 넘었다. 아직까지 살아는 있을지도 확신할 수 없는 시간이 지나 있었다. 마음이 갑자기 급해졌다. 친구에게 서둘러 문자를 보냈다.

'링고 잘 있어?'

답장이 왔다.

'아주 잘 지내고 있다오. 어마무지하게 뚱뚱해져서 엄마가 뚱이라고 불러. 매일 캔도 먹고 가난할 때 못 줬던 비싼 사료 마음껏 먹게 해주고 있고 뭐 너무나 평온한 노년을 보내고 있어.'

내가 너무 성급하게 데려왔던, 미안한 마음뿐이었던 링고는 새 주인 잘 만나서 팔자가 여전히 좋으니 그저 다행이다.

새삼 책의 제목이 나를 더 무색하게 한다.

'고양이가 알아서 할게'

오키나와에서 헌책방을 열었습니다

우다 도모코 – 김민정 옮김 – 효형출판 – 2015년 12월

책이 너무 좋아 책방 주인이 되고 나서부터는 책방 주인을 우연히 만나면 되게 반갑다.

그 정신없는 반가움.

저멀리 오키나와의 한 서점 주인 우다 도모코의 글을 읽으면서 나는 또 절박하게 반갑다.

또 한번의 수다가 시작된다.

2017 2
16
목요일

꽃들에게 희망을

트리나 폴러스 – 문경은 옮김 – 예지원 – 1993년 10월

이 책을 처음 읽은 것은 중학생 때였던 것 같다. 어쩌면 초등학생 때였을지도 모른다. 이 책이 처음 쓰여진 연도가 언제인지 인터넷으로 찾아봤는데 잘 못 찾겠다. 대충 1980년대라고 알고 있다. 어릴 땐 친구들의 생일 선물로 자주 이 책을 활용했고, 커서도 다른 책을 사기 위해 서점에 갔다가 발견하면 발견한 자리에서 일독하곤 했다. 북촌에서 서점을 하고 있는 지금은 헌책방에 보물 찾으러 갔다가 발견하는 대로 집어온다. 참새가 방앗간을 그냥 못 지나가듯이 나는 이 노란 책을 대면하게 될 때마다 잠깐씩 하던 일이 저지되는 기분.

이제는 하도 자주 읽은 나머지 거의 모든 장면을 자세히 떠올릴 수 있다.

내면의 나비를 찾아 고치를 틀던 애벌레의 모습, “그리고 마침내……”라는 글과 함께 크고 늠름한(나비가 늠름해 보일 수가 있다)

나비가 되어 있는 마지막 장은 지금 보아도 소름이 돋을 만큼 명장면이다.

그런데 요즘은 막상 다른 장면에서 한참 눈을 떼지 못한다. 아무 의미 없는 애벌레 기둥의 꼭대기에, 다른 애벌레들을 짓밟고 올라간 그 기둥의 끝에 아무것도 없었던 것을 발견하는 장면이다. 그 페이지에 가득한 허무를 발견하게 될 때마다 어쩔 줄을 모르겠다.

아마도 대부분의 사람들이 무엇이 있는지 알 수 없는 고지를 향해 오르며 살고 있을 것이고 나도 예외는 아니다. 아니, 아니다. 방금 말은 거짓말이다. 알 수 있다. 고지에 무엇이 있는지 알 수 있다. 조금만 생각해보면 그곳에는 아무것도 없다는 것을 알 수 있다. 다만 관성에 사로잡혀 있는 것일지도, 아니면 그 '아무것도 없음'을 그냥 보고 싶은 것일지도, 아니면 옆 사람 머리통을 짓밟고 올라서는 그 쾌감 때문일지도 모르겠다. 아무튼 다 대충은 안다. 알면서도 잘 바꾸지 못한다. 그게 인생이라고들 하면서 말이다.

"이렇게 올라가봤자야. 아무것도 없어, 수진아."

나는 요즘 열심으로 이 말을 나한테 한다.

마치 크리스천들이 주일예배로도 모자라 오후 찬양 예배, 수요예배, 금요예배, 새벽기도회를 통해 스스로의 신앙을 단련하듯이 나도 그렇게 틈나는 대로 매일매일 기도하듯 입을 주물거리며 내가 나에게 가르친다. 솔직히 인생은 다 이런 거잖냐고 퉁치면서 꼭대기에 아무것도 없을 탑을 꾸역꾸역 오르면서는 정말정말 살고 싶지 않다. 뭐 다른 대안이 딱히 있는 것은 아니지만, 일단은.

이 책의 제목은 놀랍게도 『꽃들에게 희망을』이다.

내 안의 나비를 발견하여 결국 나비로 변신하는 것이 끝이 아닌 것이다. 책은 거기서 끝나지만 오히려 그때부터 시작이다.

행복한 질문

오나리 유코 – 김미대 옮김 – 북극곰 – 2014년 3월

책방에서 꾸준하게 잘 판매되고 있는 달달한 그림책.

이런 책을 좋아하는 편이 아닌데 마지막 장을 읽으면서 울었다.

그게 신기해서 종수한테도 읽혀보았는데 종수도 울었다.

연애는 왜 하는 것일까, 라는 자문에 대한 자답이 점점 회의적인 색을 띤다.

그런 나에게 이 책은 슬그머니 걸어주는 제동 같았다.

두렵지 않게 되는 것.

어딘가 진짜 사랑이 있다는 것.

나는 경험하지 못하더라도 어딘가 그런 게 있기는 있다는 것.

박물관 보는 법

황윤 글/손광산 그림 – 유유 – 2015년 10월

장률 감독의 작품 중에 〈경주〉라는 영화가 있다.

그 영화를 보고 난 후 영화 속에 등장한 곳들을 직접 보고 싶어 무작정 경주에 내려간 일이 있었다. 여주인공의 집으로 나왔던 게스트하우스에서 1박을 하고 다음날 영화 속 장소들을 하나하나 찾아다녔다. 마지막으로 들른 곳은 영화에 잠깐 등장하는 전통 찻집이었다.

찻집 주인께서는 영화를 보고 왔다는 나를 아주 반갑게 맞아주셨다.

맛있는 차도 내주시고 이런저런 얘기도 나누다가 이제 그만 서울로 돌아가려고 하는데, 주인께서 '누구야—' 하고 아드님을 부르셨다.

"국립경주박물관 구경시켜드리고 신경주역까지 데려다드리거라."

그렇게 나는 처음 보는 젊은이와 강제로 박물관 데이트를 하게 되었다.

아주 즐거운 시간이었다. 그곳에는 경주의 유물이 집중적으로 전시되어 있기도 했고 경주라는 곳이 워낙 능이나 유적지가 많은 곳이다보니 박물관 내외의 시간적 괴리가 잘 느껴지지 않아 나중에는 정말 내가 신라 시대에 와 있는 것 같은 생각마저 들었다. 가장 인상적이었던 것은 실로 다양했던 불상들! 불상이 거기서 거기라고 생각했던 것이 무색할 만큼 정말 불상이 많았는데 그곳의 수많은 불상은 다 표정도 다르고 생김새도 다르고 역할도 달랐다. 또하나, 교과서에서 자주 봐서 익숙한 '얼굴무늬 수막새'를 실제로 보았다는 것. 원래는 다나카라는 이름의 일본인의 소유였다가 당시 경주 박물관장의 간청으로 기증됐다는 훈훈한 뒷얘기까지 알고 보니 가슴이 찡해오기까지 했다.

강제적이긴 했지만 경주의 찻집 주인장 덕분에 나는 처음으로 박물관의 재미를 알게 된 셈이었는데, 바로 그 찻집 주인장 같은 책을 만났다. 황윤의 『박물관 보는 법』.

우리나라에 최초의 박물관이 등장하게 되기까지의 가슴 아픈 역사로 시작하여 국내외의 다양한 박물관 이야기가 참 흥미진진하게 전개된다. 개인적으로 가장 놀라웠던 것은 대학교 내에도 박물관이 존재한다는 사실이었다. 특히 영화를 보기 위해 즐겨 찾곤 했던 이화여대 안에 그토록 훌륭한 박물관이 있었다는 사실은 나를 아연하게 했다.

그리고 하나의 박물관이 만들어지는 일, 그리고 그 박물관을 유지하는 일은 내가 생각했던 것보다 훨씬 어렵고 대단한 일이었다는 것을, 아니 애초에 나는 그런 것에 대해서 제대로 생각해본 적도 없었다는 사실에 무척 숙연해지기도 했다.

경주에 있던 찻집 주인장의 아드님과는 가끔 안부를 물으며 지내다가
어느 순간부터는 서로 연락을 하지 않는다.

2017 2

19

일요일

아웃사이더 아트

장 뒤뷔페 외 – 장윤선 옮김 – 다빈치 – 2003년 10월

20대 때 장 뒤뷔페의 전시를 본 적 있다.

그가 그린 〈흙〉이라는 작품(다시 검색해보니 〈흙과 땅바닥〉이라는 제목이다) 앞에서 한참 동안 망연자실했던 기억이 난다. 진짜 어느 흙바닥을 펴온 것처럼 딱 흙, 그것을 표현했다.

'이걸 왜 그렸지.'

이 흙바닥이 어디가 어떻게 아름다워서 이걸 그렸지? 왜 꽂혔지?

그런 생각들을 꽤 열심으로 했는지 아직까지도 이 작가의 이름과 그림들이 잊히지 않는다.

장 뒤뷔페는 프랑스를 대표하는 국민 화가라고도 하고 제도와 관습에서 벗어난 예술을 추구했다고도 하는데 그래서 『아웃사이더 아트』라는 책을 집필하게 된 것일 테다.

정신질환을 앓거나 정식 미술 교육을 받지 않은 이들이 미술 제도 바깥에서 그려낸 그림들을 모아 낸 책이다. 원제는 art brut(가

공되지 않은, 순수 그대로의 예술이라는 뜻의 프랑스어).

자폐가 있거나 그 외의 다른 정신질환을 가지고 있는 사람들의 놀라운 재능을 이렇게 확인하게 될 때,

나는 인간 탄생 직전의 세계에서 벌어지는 모종의 거래 같은 것을 상상하곤 한다.

내가 되기 전의 나라는 것이 내 모습을 선택하며 누군가(아마도 신)와 거래를 하는 것이다. 그러므로 나는 나의 장애(혹은 질병, 혹은 추한 외모, 혹은 마음에 들지 않는 나의 어떤 기질이나 모습)의 이유를 알 수 없다. 그건 내가 되기 전의 나와 신만 아는 문제인 것이다.

나는 내가 나도 모르게 스스로 선택한 나일 수도 있다.

가능세계

백은선 – 문학과지성사 – 2016년 3월

백은선 시인의 세계는 너무 멀다.
나중에 더 나은 교통편이 있을 것이다.

About Coffee

소노 유지 글/히라사와 마리코 그림 – 박문희 옮김 – 디자인이음 – 2015년 7월

책방 하면서 핸드드립에 취미를 붙였다. 그러면서 후루룩 읽었다.

아주 초보인 나 같은 사람에게 흥미의 바람을 일으켜주기에 적당한 커피 입문서.

'아주 초보에게 적당한 입문서'라는 것이 되려면 뭐든 쉽고 만만하게 얘기하면 된다.

암벽등반도, 성형수술도, 다이어트도, 1억을 모으는 것도 뭐든 쉽고 만만하게.

악스트 10호

악스트 편집부 – 은행나무 – 2017년 1월

'다와다 요코'라는 처음 듣는 작가의 인터뷰를 보았다.

일본 출생이나 독일로 이주하여 독일어와 일본어를 다 사용하여 작품 활동을 하는 작가. 인터뷰어는 배수아 작가였다. 자연스러운 한 쌍 같았다.

작품을 하나도 읽어보지 않은 채 읽는 작가의 인터뷰도 꽤 재미있었다. 인터뷰 사이사이 다와다 요코의 작품 일부가 적혀 있었는데 어디로 튈지 모르는 매력이 느껴졌다.

인터뷰 말미에 '아 작품을 몇 개라도 좀 읽어보고 싶은데……'라는 생각을 하며 페이지를 넘기자 선물처럼 그녀의 짧은 글 두 개가 뿅.

다른 작품들도 더 읽어보고 싶다.

아름답고 쓸모없기를

김민정 – 문학동네 – 2016년 6월

늘 스스로 자신은 시인으로는 별 볼 일 없다고 얘기하며 편집자로서 더 행복하다는 김민정 시인의 시집은 내가 가장 오랫동안 가방에 넣고 다녔던 책일 것이다.

쓸모에 대해 너무 고민한 나머지 2집 타이틀을 〈나의 쓸모〉라고 지었던 나에게 이 책은 펼치기도 전에 모범 답안지이자 부적이었다.

세상 발라버릴 것 같은 핑크빛으로 넌 아름답고 쓸모없길 바라, 말하는 이 책은 정말 (내가 아는) 김민정 시인과 닮아 있다. 나는 이 책에 빚이 있다. 너무 많은 걸 받았다.

위반의 집

김화현 – 그레파이트온핑크 – 2016년 9월

김화현 작가의 작품은 삼청동에서 길을 걷다가 만난 적 있다. 오래전에.

너무나 곱게 아름다운 전라의 남성이 도발적 눈빛을 보내는 그림 앞에 나는 순수하게 매료되어 오랫동안 탐욕스러운 눈으로 그를 감상했었다. 나중에 책방에 이 그림책 입고 요청이 들어왔을 때 나는 바로 그 그림 속 남자를 알아보고 짧은 탄성을 질렀더랬다.

책방에 어떤 외국인 여성이 하이, 하고는 들어와 이 책 저 책 구경하다가 한참 동안 웃음을 참는 얼굴로 『위반의 집』을 감상하는 것을 본 적이 있다.

나는 그녀가 자꾸 웃으려는 그 마음을 알고 있다.

그래. 나도 그래. 나도 아름다운 남자를 보면 그냥 웃음이 나와.

그녀는 결국 이 책을 샀다.

우리는 이런 대화도 했다.

그녀 : This book is so……

나 : Yeah, I know……

그녀, 나 : (므흣한 미소를 지으며 고개를 끄덕끄덕)

노란 들판의 꿈

홍은전 – 봄날의책 – 2016년 4월

『우리 균도』라는 책을 읽고 장애인의 삶이라는 것을 조금 알았다. 한국의 장애인에 대한 복지가 턱없이 부족하다는 것은 알았지만 너무 추상적인 수준이었다. 어떻게 부족한지 조금도 알려고 하지도 않았다. 그 책을 읽으면서 장애등급제가 뭔지, 부양의무제가 뭔지, 한국의 장애인에 대한 복지 수준이 얼마나 열악하고, 그에 갖는 비장애인의 관심은 얼마나 더 열악한지 깨달았다. 그뒤로 광화문역에 갈 때마다 마주치는 장애인 운동가들을 비로소 관심 있게 보는 눈을 갖게 되었다. 그들은 노들야학 사람들이었다.

이 책은 노들야학이 어떻게 만들어졌으며 지금까지 어떻게 살아남았는지의 정말 뜨거운 역사가 담겨져 있는 책이다. 너무 '징해서' 읽다가 몇 번을 쉬어야 했다.

나중에 대학로에 있는 노들야학에서 이 책의 북콘서트를 할 때 게스트로 참여해 노래 몇 곡을 부르고 얘기를 나누었는데 아주아주 긴장하고 겁먹었던 기억이 난다.

연대하고 싶으면서도 겁이 나는 이 기분이 뭔지 아직도 잘 모르겠다.

2017 2 26
일요일

직업으로서의 소설가

무라카미 하루키 – 양윤옥 옮김 – 현대문학 – 2016년 4월

하루키를 좋아한다고 진지하게 생각해본 적은 없는데 신간이 나오면, 아무튼 득달같이 책방에 들이는 것을 보면, 그리고 그것이 결코 판매량을 의식해서 하는 행동이 아닌 것을 보면, 나도 하루키에게 참 충실하다, 아니 뭔가 그에게 사로잡혀 있음을 알겠다. 그건 다음과 같은 나의 사고로써 증명할 수 있다. →책을 읽다보면 글을 쓸 시간이 없고, 글을 쓰다보면 책을 읽을 시간이 부족하다. 책을 읽다가 불현듯 갑자기 곡이 쓰고 싶다거나 뭔가를 쓰고 싶다는 욕구가 생기지만 그걸 그냥 꾹 참고 책을 읽을, 아니 읽어야 할 때가 되게 많다. 책방을 하고 나서 이런 상황이 빈번하게 일어나고 나는 뭔가 불만이 축적되어가는데 그런 내가 나에게 하는 말,

'야, 하루키도 재즈 바 하면서 소설을 썼는데! 너는 책방 하면서 왜 아무것도 못하고 있어.'

그나저나 이 책은 내가 새 앨범이자 영화 작업하면서 힘들 때 정말 힘을 많이 줬다. 생각해보면 예전에 김연수 작가의 『소설가의 일』을 읽으면서도 그랬는데, 왜 소설가를 꿈꾸는 사람들 힘내라고 쓴 책을 내가 읽으며 힘내고 있는가?

너무 시끄러운 고독

보후밀 흐라발 – 이창실 옮김 – 2016년 7월

해방촌에 있는 고요서사에서 샀다.
첫 페이지를 선 채로 두 번 반복해서 읽고 곧바로 구입했다.
놀랄 만큼 아름다운 첫 페이지.

정말로 완벽한 고독은 없었으면 좋겠다.
왜냐하면 정말로 완벽한 고독은 정말로 완전해서
그 누구의 눈에도 띄지 않을 것이기 때문이다.

넌 지금 그걸 말이라고 하세요?

윤영미 – 어나더북 – 2016년 12월

팟캐스트를 하면서 내가 말할 때 어떤 버릇이 있는지 모니터링 하다가 알게 되었다. 나는 '정말' '너무' 같은 말을 남발하는 경향이 있다. '대박' 같은 감탄사도 쓰기 싫은데 나도 모르게 내뱉곤 한다. 그리고 말을 하다보면 만연해지고 쓸데없는 반복도 심해진달까.

말할 때의 내 문제에 대해 안 그래도 자주 생각하고 있는 마당에 이 책을 읽으니 더 말하는 게 조심스러워진다.

이 책의 베스트 한 줄. "말 잘하는 것보다 잘 말하는 것이 훨씬 더 중요하다."

그나저나 말할 때의 문제점이 얼마 전부터 하나 추가됐다.

단어가 생각이 안 난다.

March

뇌 속에 또 다른 뇌가 있다

장동선 – 염정용 옮김 – arte – 2017년 3월

옛날에 잠깐 만나다 헤어진 남자가 있었다.

돌부리에 걸려서 털퍼덕 자빠지듯이 사랑에 빠진 건 아니었고(나는 그렇게 사랑에 빠져야 한다고 생각한다) 그것보다도 궁금하고 신기한 마음으로 그를 만났다. 호기심만으로 시작한 연애가 오래가지 못한 것은 어쩌면 당연했다. 그는 헤어진 후에도 꾸준히 메일을 보내왔다. 줄곧 상대하지 않다가 곧 군대에 간다는 메일을 보고는 마음이 약해졌다. 안부도 묻고 잘 다녀오라고 얘기도 할 겸 만나기로 결심했다. 10개월인가 지난 뒤였다.

알고 보니 그는 그동안 이사를 했다. 처음 보는 집에 쭈뼛거리며 들어갔다. 그가 냉장고에서 어떤 음료를 하나 꺼내 나에게 건네며 말했다.

—이거 기억나? 네가 늘 마시던 거.

나는 그가 건네준 음료를 가만히 바라보았다.

우리가 데이트하며 주로 차 안에서 마셨던 음료가 있긴 했다. 그는 캔커피를 유난히 좋아했고 나는 사과음료를 선호했었다. 그가 건네준 음료는 내가 즐겨 마시던 게 아니었다.

—내가 늘 마시던 거 이거 아닌데.

그는 눈을 크게 뜨고 내가 마시던 것이 맞다고 했다. 근거로 대는 정황들을 들어보면 다른 여자들과 나를 헷갈린 것 같진 않았다. 그런데 저건 분명 내가 즐겨 마시던 음료가 아니었다. 심지어 내가 별로 좋아하지도 않는 음료였다. 내가 착각했을 리는 거의 없다. 그러나 누구 말이 맞든 그게 이제 와서 무슨 소용이 있다고. 나는 그냥 '내가 헷갈렸나봐', 하고 그 음료를 받았다. 조금 마시다 말았다.

소파에 나란히 앉았다. 늘그막에 군대를 간다니 측은하기도 했고 많이 사랑하지 않았다고는 해도 헤어지며 받은 상처가 없진 않았기 때문인지 좀 기분이 복잡했다. 우리는 대화를 시작했다.

그리고 복잡했던 내 기분은 조금씩 단순하고 명료해졌다. 안 좋은 쪽으로.

그에게 갖고 있었던 일말의 복잡한 여운은 그날 이후로 완전히 깨끗해졌다. 그러나 그뒤로도 그가 건넨 틀린 음료를 자주 떠올렸다. 별거 아닐 수도 있는 건데 이상하게 나는 내가 즐겨 마시던 음료수를 그가 너무 떳떳하게 잘못 기억하고 있었던 것이 속상했다.

그러다 대니얼 길버트의 『행복에 걸려 비틀거리다』라는 뇌에 대한 책을 읽었다.

뇌라는 것이 얼마나 정확하지 않으며 즉흥적이고 제멋대로인지 그 책을 보면서 알았다. 책에 따르면 우리가 생각하는 과거는 정확하지 않다. 뇌는 인상적인 몇 가지 주관적인 포인트를 중심으로 나머지를 자기 맘대로 채워넣기하는 방식으로 기억을 만들어내며 그 과정에서 과거의 기억은 얼마든지 왜곡, 변형된다는 것이다. 그(의 뇌)는 얼마나 되는대로 대충 그 기억을 채워넣었으면 10개월 전 연애하던 상대가 무슨 음료수를 즐겨 마셨는지조차 제대로 기억해내지 못했던 걸까.

그때부터 뇌에 관한 책을 읽으면 언제나 그가 생각났다.

지금 소개할 책은 『뇌 속에 또 다른 뇌가 있다』라는 책이다.

이 책을 쓰신 장동선 작가님은 독일 국적을 가지고 있는 한국인이었다. 그래서 이 책은 번역서이다.

어릴 때부터 한국과 독일을 오가면서 자유분방하게 살았던 자신의 삶을 자연스럽게 녹여내면서 다양한 뇌 실험의 사례들을 누구나 쉽고 재미있게 읽을 수 있도록 배려한 흔적이 넘치는 책이었다.

그리고 아주 따뜻한 결론을 내리고 있기도 하다.

우리의 뇌 속에는 다른 사람의 뇌도 존재하고 있다고. 우리는 결코 혼자서 '나'를 증명해낼 수 없다고. 우리는 다른 사람들과 함께여야 행복해질 수 있다고.

책 한가득 들어 있는 다양한 사례들과 실험 중에서 단연 나에게 여운이 길었던 것은 책의 초반에 나왔던 '빨간색'을 인지하는 것에 대한 테스트였다. 우리는 빨간색을 보며 (색맹이 아닌 이상) 다 빨간색이라고 생각하지만 사실은 내가 보고 있는 빨간색과 타인이 보고 있는 빨간색은 엄밀히 같은 색은 아니라는 것이다. 나는 또 자연스럽게 그를 떠올린다.

그 짧은 연애는 그의 눈에 무슨 색이었을지. 내 눈에 보이던 색과 얼만큼 멀고 달랐을지.

이소라의 〈바람이 분다〉라는 노래는 뇌에 관한 노래가 아닐까 하는 생각도 새삼 든다.

사랑은 비극이어라
그대는 내가 아니다
추억은 다르게 적힌다

2017 3
2

목요일

필립 라킨 시전집

필립 라킨 – 김정환 옮김 – 문학동네 – 2013년 1월

신형철 문학평론가가 가끔 본인의 지면에 영시를 소개할 때 자신이 직접 번역했다고 밝히는 것을 보았다. 이미 번역되어 있을 텐데 왜 굳이 번역을 다시 했을까. 하루키처럼 번역에 대해 순수한 재미를 느끼는 사람인가봐, 하고 생각했다. 나는 이 책을 「This be the verse」라는 시 때문에 샀다. 저 제목은 내가 산 책에서 「이것 시 이기를」로 번역이 되었고 인터넷으로 검색해보니 '이것은 시다' '이것은 시' 등의 제목으로 번역이 되어 있었다. 영어라는 외부의 언어를 시로서 또 한번 외부화시켜버리니 이런 일이 일어나는 것이겠지만 본문도 굉장히 다양한 버전이 존재했고 각각의 번역은 각각 당연하게도 다른 느낌이었다. 나는 스스로 번역한 신평론가의 마음을 조금 알 것도 같았다. 그래서 나도 왠지 「This be the verse」를 내 맘대로 이해하고 싶어졌다.

이것 시 되어라.

아무것도 할 수 있는

김현경 – 독립출판물

솔직히 우울증 고백 에세이 읽는 것을 안 좋아한다.

보통의 우울증 고백 에세이는 '나'의 우울증, 다시 말해 이렇게 힘든 '나'에 대해 전시하고 있다는 느낌에서 자유롭기 힘들기 때문이다.

이 책은 조금 달랐다. 허심탄회하게 우울만을 가지고 도란도란 하는 기분이었다.

그러나 이런 책을 읽는다고 해서 나의 우울에 어떤 현실적인 도움이 되지는 않는다.

나는 매일매일 거의 아무 문제 없이 지내고 있지만 거의 매일매일 우울하다.

우울하다고 남발하는 사람들 보는 것만으로도 짜증이 나고 내가 그런 사람이 되기도 싫기 때문에 우울하다고 이렇게 말하는 것이 내키지 않는다.

다만 지금, 매일매일 아무 문제도 없는데 매일매일 아주 우울하다는 것이,

그게 너무 기가 막혀서 쓴다.

나는 당당한 페미니스트로 살기로 했다

린디 웨스트 – 정혜윤 옮김 – 세종서적 – 2017년 2월

여러모로 록산 게이의 『나쁜 페미니스트』를 떠올리게 한다. 비슷한 느낌이지만 유머감각은 훨씬 뛰어나서 글이 굉장히 유쾌하고 재미있다. 예감인데 이 사람 트잉여일 듯.

뚱뚱한 여성을 향한 악의적인 혹은 악의 없는 무례함을 나는 평생 겪어본 적이 없다.

그래서 그녀를 온전히 이해한다고 감히 말할 수 없다. 그 점을 순순히 인정하고 읽었다.

다만 스스로를 과잉하거나 왜곡하지 않고 있는 그대로 직시하며 그것을 그저 나로서 받아들일 줄 아는 그녀의 자세는 정말 아무나 할 수 있는 것이 아니고, 나는 그것이 애가 타도록 부러웠다.

체념이 아니라 인정과 수용으로 자기 자신을 받아들이는 일은 뚱뚱하거나 못생겼다고 해서 못하고 아름답고 재능이 많으면 할 수 있는 문제가 아니다. 이것은 정말 쉬운 일이 아니다.

이런 책을 읽고 나면 늘 마음 안이 와글와글거린다. 이렇게 글로 써 정리해야 할 때에는 어떤 감정에 집중해야 할지, 어떤 감정을 유도하는 게 좋을지 고민이 거품처럼 많아진다.

싸울 때마다 투명해진다

은유 – 서해문집 – 2016년 12월

『글쓰기의 최전선』이라는 뜨거운 책을 읽고 덩달아 후끈해졌던 기억이 난다.

이번 책도 '후끈'의 느낌이지만 조금 다르다.

고분고분하게 그 온기를 따라가는 느낌이 지난번 책이었다면, 『싸울 때마다 투명해진다』는 내가 일일이 참견하고 참여하느라 후끈해진 느낌이라고 해야 할 것 같다.

2017 3
6
월요일

나는 가끔 도망가버리고 싶다

김수미 – 샘터사 – 1993년 9월

오늘 TV에서 김수미씨를 보았다.

내 기억 속에서 〈전원일기〉 때부터 우악스럽고 드센 캐릭터로 거의 고착화된 배우인 그녀가 인터뷰하던 것을 예전에 우연히 본 적이 있다. 의외로 부드럽고 묘하게 지적으로 보이기도 했었는데.

오늘 TV 속 김수미씨는 역시 우악스러운 연기를 하고 있었다.

이 책은 지방의 어느 헌책방에서 샀다. 사놓고 안 읽고 있다가 오늘 김수미씨를 TV에서 본 김에 생각이 나서 읽게 되었다. 의외(라고 표현하는 것에 죄송스러움을 느낀다)의 필력에 감탄했다. 서문을 보니 이 책은 벌써 세번째 책이었고 당시의 김수미씨는 40대였다.

황신혜와 친했던 것도, 극심한 우울증으로 자살기도를 했던 것도, 술과 담배를 즐기는 본인의 취향이나 외로움에 대한 얘기들도 허심탄회하게 적혀 있다.

특히 황신혜씨와 사는 일의 허망함을 탓하면서 우리 스님이 될까, 수녀가 될까, 이런 대화를 나누는 것을 읽고 되게 많이 위로가 되었다.

생의 허무를 나만 느끼는 게 아니라는 데에서 오는 얄팍한 안심도 있었지만, '스님'이니 '수녀'니 하면서 진지한 고민을 유치하게 소비하는 것도 나랑 비슷한 것 같아서.

요즈음의 김수미씨가 다시 글을 써준다면 정말 반갑겠다.

집안일 쉽게 하기

혼다 사오리 – 권효정 옮김 – 유나 – 2016년 9월

일본인이 적은 인테리어나 집 정리 책을 보면 기분이 좋다.
정말 보는 것만으로 기분이 좋아진다.
아, 기분좋아.

그래, 나는 연필이다

박지현 – 퓨처미디어 – 2017년 3월

연필깎이가 없는 채로 초등학교를 다녔다.

가난해서였긴 한데 아무리 그래도 그렇지 큰맘 먹고 사줄 법도 하지 않나?

근데 엄마가 안 사줬다.

나는 1학년 때부터 커터 칼로 연필을 깎아 다녔고 그래서 제법 칼로 연필을 잘 깎는 편이다.

그래서인지 연필에 애착이 있고 지금도 연필을 들고 다닌다(필기할 일은 그렇게 많지 않지만).

그러다가 데이비드 리스의 『연필깎기의 정석』이라는 책을 알게 되었다. 누군가가 내가 딱 좋아할 책이라고 추천해줬다. 정말 기가 막히게 재미있는 책이었다. 책을 다 읽고 얼마 뒤 회사에서 플리마켓이 열렸을 때 나는 리스처럼 연필을 칼로 직접 깎아서 팔았다. 사람들이 의아해하면서 왜 연필을 깎아서 파는 거냐고 물어왔다. 연필을 직접 깎는 것도 '굳이'라는 느낌이 드는 일인데 또 그걸 돈을 받고 판매하는 것이 그들에게는 별로 납득되지 않는 상품이었던 것이다. 암튼 나는 그뒤로도 또 한번 연필을 꿋꿋하게 깎아 팔았고 그때 깎은 사람들이 연필을 보내오면 다시 깎아서 보내주는 애프터서비스까지 하고 있다.

그랬던 일을 아시는 분이 계셨다. 그 이름 모를 분이 팟캐스트를 통해 이 책을 선물로 주셨다.

이 책은 2001년 헨리페트로스키의 『연필』이라는 책을 읽게 된 저자가 연필에 대한 다큐를 찍어보기로 결심하고 2015년 SBS에서 '연필, 세상을 다시 쓰다!'로 방송하기까지의 15년의 여정이 담겨져 있는 책이다.

아까 내가 말했던 데이비드 리스도 등장하고, 목수이자 연필심 조각가인 달튼 게티, 극사실주의 연필화가 디에고 코이, 잡지 『맑은 연필』의 황성진 등등 연필을 사랑하는 사람들이 대거 등장한다.

정말 한 장 한 장 어떻게 넘어가는지 모르게 읽었고, 한 사람 한 사람 존경스럽지 않은 사람이 없었다.

읽으면서 마음을 굳혔다.

책방무사 연필을 제작하여 다시 연필깎거er의 삶을 살아보기로.

+

책의 표지와 내부 디자인의 아쉬움이 있는 건 애정 때문이겠지.

2017 3
9
목요일

먼지아이

정유미 – 컬쳐플랫폼 – 2012년 1월

집 구석구석에 존재하는 먼지를 자기 자신과 똑같이 그린 것이 가혹하다. 그리고 가엾다.

자기와 똑같이 생긴 먼지를 무심히 버리고 씻어내는 것이 가혹하다. 그리고 가엾다.

맨 마지막 먼지아이와 주인공이 함께 밥을 먹는 그림은 그래서 더 감동적인데, 감동이라는 걸 주려면 그전에 잔인해져야 되는 걸까?

나의 작은 인형 상자

정유미 – 컬쳐플랫폼 – 2015년 3월

알고 보니 『먼지아이』보다 더 일찍 그려진 작품이었다. 그렇게 생각하니 스토리가 연결되어 있는 것처럼 여겨지기도 한다. 혼자 살고 있는 주인공의 삶이 『먼지아이』에 그려졌다면 『나의 작은 인형 상자』는 그렇게 세상으로 나아가 혼자 살기 시작하기 이전의 상황을 그려낸 것 같다.

조금씩 용기를 내어 겁먹은 자기 분신들을 하나씩 진정시키고 앞으로 나아가는 소녀의 용기, 엄청 '덤덤하고 고요한' 용기, 그것이 정유미 작가 그림의 특징인 것 같다.

혼자 지내면 외롭지 않냐고 물어본 사람이 있었다.

어릴 때부터 가족과 살았고 지금도 동생과 같이 사는 그는 한 번도 혼자 지내본 적이 없었고, 그래서 자기에게 독립성이 부족한 것 같다는 생각을 늘 갖고 있는 것 같았다.

그러고 보니 혼자 살게 된 지 거의 10년째다.

혼자 사는 일은 돌이켜보니 정말 겁이 나는 일인데 나 같은 겁쟁이가 어느새 혼자 산 지 10년이라니.

2017 3
11
토요일

옆집의 나르시시스트

제프리 클루거 – 구계원 옮김 – 문학동네 – 2016년 3월

내 안의 나르시시즘을 굉장히 열망했다.

적어도 뮤지션에게 나르시시즘은 굉장한 무기라고 생각한다.

나는 기본적으로 겁이 많고 긴장을 쉽게 하는 편이다. 데뷔 이후 무대울렁증으로 고생을 좀 하다가 몇 년 전부터는 약을 처방받아 먹고 있다.

무대에서 내가 최고라는 듯이 노래하는 다른 뮤지션들을 보면 얼마나 부러운지 모르겠다.

이 책은 다양한 집단에서의 나르시시스트를 설명하면서 이들을 관찰하고 또 피할(?) 수 있게 해주는데, 너무나 미국적이라서 미국 환경에 정통한 사람의 경우 더 재미있게 읽을 수 있을 것 같다. 맨 마지막에 자기애 성향 테스트가 있어서 해보았는데 나는 17점이 나왔다. 이 책에 따르면 17점 이상부터 나르시시스트 기질이 있다고 한다.

여자들의 사회

리사 앨더/프랑수아즈 질로 – 노지양 옮김 – 알마 – 2017년 2월

미국의 작가 리사앨더와 프랑스의 화가이자 피카소의 오랜 연인이었던 프랑수아즈 질로의 대화집이다.

전후 상황이랄지, 가족들의 이야기, 어릴 적 이야기, 미국과 프랑스의 이런저런 다른 점들……

책에서 오는 감흥이 솔직히 그렇게 크지 않았다.

영화를 볼 때도 그렇고, 책을 볼 때도 그런데 큰 감동이 느껴지지 않을 때 문제는 주로 내 쪽에 있다고 생각하는 편이다. 나의 어떤 편견이나 아집 같은 것이, 혹은 무지가 충분히 느낄 수 있는 감동을 가로막고 있는 거라고 생각한다.

이 책은 객관적으로 특별히 어떤 문제가 없어 보였는데 그렇다면 이번엔 나의 문제가 뭐였을까.

'기대'다!

이 책을 읽기 전에 기대를 했다.

그 기대가 쓸데없이 컸던 게 분명하다.

곰곰이 생각하면 할수록 기대라는 것의 쓸모가 대체 뭔지 모르겠네.

2017 3 13 월요일

종의 기원

정유정 – 은행나무 – 2016년 5월

칼로 사람을 찌르는 일에 대해서 생각해본다.

과연 찌를 수 있을까?

내 마음가짐의 문제도 그렇지만,

칼이 피부를 뚫고 들어가게 할 만큼 내가 힘이 셀까?

옷 위로 찌른다고 한다면 칼이 옷을 뚫을 수 있을까?

무딘 부엌칼 같은 걸로 찌른다고 하면 옷을 뚫기는 더 힘들지 않을까?

찌르다가 칼이 상대방 옷에 막히거나 충분히 박히지 않은 상황에서 미끄러져 내 손이 되레 칼에 베이진 않을까?

위기의 순간이 되어 내 손에 칼이 쥐어진다면 나는 조금의 망설임 없이 누군가를 찌를 수 있을까?

아무리 세게 찔러도 영화처럼 미끈하게 푹푹 들어가진 않을 텐데 그것이 걱정이다.

잠깐만, 걱정?

2017 3
14
화요일

페이퍼 2017. 봄

페이퍼 편집부 – 메이데이 – 2017년 5월

왕년에 한 감성 했다는 사람 중에 페이퍼 안 거쳐간 사람 있을까. 일단 나부터 청춘 시절 룩의 완성은 옆구리에 낀 페이퍼였다.

아무튼 그 페이퍼가 폐간 위기가 있었다가 계간지의 형태로 리뉴얼되어 첫선을 보였고 거기 에세이 한 꼭지 썼다. 하필 정말 글쓰기 싫어 죽으려던 때에 들어온 청탁이어서 내가 왜케 글이 쓰기 싫은가에 대해 썼다.

글이 다 좋다. 정말 다 좋다.

나는 가상 뭐뭐를 되게 싫어하는데 보니까 '가상 인터뷰'라는 꼭지가 있길래 이건 안 읽어야지 했다가 아는 사람이 써서 읽었는데 이것마저 좋다.

개인적으로 가장 좋았던 글은 폐가 체험에 대해 오수정씨가 쓴 글이었다. 일단 진짜 웃겼고, 그리고 마지막에 죽음(공포)에 접근하는 입장의 어떤 면이 나랑 너무 비슷한 것 같아서.

나는 공포를 공포하는 본투비 겁쟁이인데 그럼에도 (실제로 일어난) 귀신 얘기를 '기쁘게' 듣는다. 누가 어디서 봤는데 진짜 귀신이 있대, 하면 나는 본능적으로 아 아딘가에 (아마도 내 옆에) 내 동생도 그렇게 존재해 있을 것이다, 라는, 우스꽝스러울 수 있는데 암튼 나한테는 그게 되게 기쁜 소식처럼 들린다. 오수정씨가 공포(귀신, 죽음)를 대하는 모습에서 나는 그 비슷한 걸 봤다.

2017 3

15

수요일

모두를 위한 페미니즘

벨 훅스 – 이경아 옮김 – 문학동네 – 2017년 3월

벨 훅스는 굉장히 침착하고 냉정한 페미니스트라는 생각을 했다. 페미니즘이라는 것은 보통 주장하는 사람이나 반박하는 사람이나 다 여성중심적 시선의 자장 안에서 투닥투닥하게 되는데, 벨은 페미니즘은 여성뿐만 아니라 남성을 위한 것이고 우리 모두를 위한 것이라는 페미니즘의 진정한 본질을 마지막까지 끙끙 갖고 간다. 이것은 보통 어려운 일이 아니다. 차분하게 페미니즘의 ㅍ만 얘기해도 '너 메갈 하니?'라고 묻는 일부 남자들 앞에서, 1. 모든 남자가 그런 건 아니야 2. 난 그런 남자 아니야 3. 난 여자 좋아하는데 왜 여혐이야, 일명 페미니스트가 치를 떠는 워스트 발언 3을 반복 청취당하면서, 남자의 입장까지 위해주고 싶다는 생각은 여간 잘 들지 않는다. 나 역시 예외는 아니고.

이 책은 페미니즘 입문서라고 소개되어 있는데 완전 입문서라기보다는 입문의 마무리로 혹은 심화의 입문 과정으로써 적당할 것

같다는 생각이 든다.

자면서도 다 듣는 애인아

김개미 – 문학동네 – 2017년 2월

어느 날 내 친구가 암막커튼을 달아볼까 생각중이라고 했다.

나는 왜 빛이 싫어졌냐고 물었다. 낮밤이 바뀐 생활이 될 것 같아서라는 대답이 돌아왔다.

나는 '암막'이라는 단어는 너무 충격적이라고 했다(나는 태양신을 믿는다).

암막커튼은 비싸다, 그리고 무겁다. 빛을 피하고 싶을 때는 안대가 있다. 나는 친구를 설득했다. 그 친구가 암막커튼을 샀는지 안 샀는지 모르겠다.

김개미 시인의 어둠에 대한 애착을 계속 들여다보고 있으니 이 친구가 생각이 났다. 태양신을 믿지만 나도 어둠이 필요할 때가 있다. 그때 이 책 생각이 날 것이다. 어둠 수호자의 시집이.

2017 3

17

금요일

열한 계단

채사장 – 웨일북 – 2016년 12월

채사장의 다른 책은 아직 읽어보지 않았다.

자신의 인생을 계단화하여 한 계단 한 계단 딛고 올라서는 데 결정적 계기가 된 책들을 친절하게 소개해주는 책이다. 채사장이 어떻게 살아왔는지와 더불어 그의 인생에 중요한 역할을 했던 책들이 무엇이었는지 알 수 있었다.

그 책들은 다 아는 책이었고, 알지만 읽지 않았던 책들이었다. 막바지에 가서는 친절함에도 불구하고 굉장히 어려워서 이해하고 싶어 답답한 마음이 일었다.

나 스스로는 지금 몇 계단을 올라서 있는지, 지금의 나를 만들어준 책은 무엇이 있었는지 곰곰 돌아보게도 하였다.

악어 프로젝트

토마 마티외 – 맹슬기 옮김 – 푸른지식 – 2016년 6월

강남역 살인 사건이 있었을 때 자기 일처럼 분노하고 공포에 떨었던 여성들이 얼마나 많았을지 감히 상상되지 않는다.

희생자는 내가 될 수도 있었다, 라는 생각에서 우리는 벗어나지 못했고 지금도 그렇다.

나는 그 공포와 분노를 종수에게 호소했다.

그리고 다음과 같은 대답을 들었다.

"내가 지켜줄게."

나는 웃었다.

반문했다.

어떻게 지켜줄 거야?

24시간 나를 지켜줄 거야?

화장실 안까지 쫓아 들어오면서 지켜줄 거야?

악의는 없었지만 결과적으로 무성의하고 고민 없는 대답에 나는

미친듯이 격분했다.

이 책은 일부러 종수에게 읽혔다.

연인 사이에서 일어날 수 있는 성폭력—원치 않는 섹스—이 그려져 있는 장을 손으로 가리키며 종수에게 말했다.

"너도 나에게 종종 이렇게 하려고 해. 그리고 이건 폭력이야."

종수는 충격받은 얼굴로 가만히 있었다.

강남역 살인 사건이 일어난 지 1년이 지났다.

그사이 종수는 훌륭한 페미니스트가 되었다.

2017 3

19

일요일

사랑받고 있어!

린샤오베이 – 조은 옮김 – 문학동네 – 2017년 3월

그림 그리는 것을 좋아해 언제나 작은 노트를 들고 다니는 페이페이와 그녀의 동생 마오롱롱, 충직한 개 노트의 다정하고 귀여운 일상이 담겨져 있는 그림책이다. 내가 제일 좋아하는 에피소드는 페이페이의 개 노트가 페이페이가 늘 가지고 다니는 노트를 질투해서 노트를 물고 도망가는 에피소드이다.

강을 건너고 산을 넘어 결국 로켓까지 타고 달에 가려는 순간, 바람이 불어와 노트가 펼쳐지고, 노트는 노트 속에 그려진 그림들이 전부 노트라는 사실을 알게 된다.

개 노트와 그림을 그리는 노트가 어느 순간 그냥 하나의 노트가 되는 것을 따라가다가 정작 페이페이에게는 원래부터 노트는 하나였다는 것을 알게 된다. 이런 어른스러움을 마주하는 어른인 내가 굉장히 겸연쩍다.

자기 전이다. 꼭 나에게 선물하고 싶었다는, 이 책을 선물한 사람

의 마음에 대해 오래 생각하다 잠들겠다.

당신 인생의 이야기

테드 창 – 김상훈 옮김 – 엘리 – 2016년 10월

영화 〈컨택트〉를 보기 전부터 이 책에 대한 소문은 익히 들었다. 아니 『소프트웨어 객체의 생애주기』라는 책부터 알았다. 언젠가 읽어야지— 하면서 뜸만 들이다가 영화를 보고 나서는 마음이 너무 급해 허겁지겁 이 책을 찾았다.

보통 원작과 영화가 동시에 존재하는 경우 질문을 스스로에게 던지게 된다.

영화를 먼저 볼 것인가, 책을 먼저 볼 것인가, 영화가 더 나은가, 책이 더 나은가.

영화를 보고 책을 봤다가 실망한 경험이나, 책을 보고 영화를 봤다가 실망하는 경험이 나도 숱하게 있어서 순서의 문제에 대한 고민이 좀 길었다. 결국 영화–소설의 순서를 택했고 이 선택에 만족한다.

자신의 미래를 다 알고 순순히 정해진 자기 미래의 수순을 밟는

다는 설정이 나로서는 쉽게 수긍이 가지 않는데, 책에서는 이것에 대해 무대에서 연기하는 것과 같다고 쓰여 있다.

우리는 요컨대 배우이고, 자기 대사와 자기의 동선, 자기의 미래를 다 알고 있고 그대로 한다는 것.

아무튼 어떤 언어를 습득하면서 사고체계와 세상을 인식하는 방법에도 변화가 오는 설정이 마음에 들었고 나 역시 그렇다고 믿는 입장이다.

그리고 이유는 알 수 없지만 영화를 보고 나서 한국말 버리고 싶다는 생각도 잠깐 했다(글 말고 말).

2017 3 21 화요일

동물시집

기욤 아폴리네르 – 황현산 옮김 – 난다 – 2016년 12월

이 시집을 읽다가 문득 내가 예전에 끄적거렸던 부모님이 키우는 개에 대해 썼던 짧은 글이 생각나 다시 찾아보았는데 너무 구려서 여기에 옮기지는 못하겠다.

짧고도 정말 아름다운데 뒤쪽으로 갈수록 점점 더 아름다워졌다.

(내가 생각하는 미의 방향이다.)

낙지라는 시를 옮겨본다.

낙지

하늘을 향해 먹물을 내던지고,
제가 사랑하는 것의 피를 빨고
그게 맛있음을 알아가는,
이 몰인정한 괴물, 그게 나로다.

블랙 오로라

오사 라르손 – 신견식 옮김 – arte – 2016년 7월

공포를 공포하는 겁쟁이로서 이런 소설을 평소 내가 읽을 리는 없다. 소년 탐정 김전일도 무서워한다고 하면 사람들이 엄살떤다고 하는데, 정말이다.

셜록 홈스 시리즈도 하나도 읽어본 기억이 없다. 아. 벽장 속에서 고양이가 울었던 그 에피소드? 셜록 홈스 맞나? 모파상? 몰라 암튼 내가 기억하는 건 그것뿐이다.

팟캐스트 때문에 읽어야만 해서 덜덜 떨면서 읽기 시작했는데 웬걸, 별로 안 무서웠다.

기대보다 별로 무섭지 않아서 편하게 읽은 영화 같은 소설. 실제로 영화화가 된다고 하는데 영화로 보면 아주 무서울 것 같다.

2017 3 23 목요일

새내기 유령

로버트 헌터 – 맹슬기 옮김 – 에디시옹 장물랭 – 2016년 8월

나도 내 상황을 솔직하게 고백했어요. 내게도 해야 할 임무가 있는데, 그게 무엇인지 도통 모르겠으며, 그걸 알려면 동료들이 하는 일을 봐야 한다구요. 그는 사람들 앞에 나타나 놀래키는 일이 아니냐고 했지만, 내 임무는 그것보다 훨씬 더 의미 있는 일이라고 확신합니다.

새내기 유령이 된 자가 있다. 그는 아직 자신의 임무가 뭔지 모른다. 동료 유령들은 자기네들을 보고 따라 하라고 하지만 일단 그는 동료들처럼 유려하게 나는 일조차 서툴다. 결국 나무밑동에 낀 채로 동료들을 놓치고 만 새내기 유령을 한 천문학자가 발견한다.

사람이 죽으면 어떻게 되는가.

죽음 하면 동생을 가져다놓고 생각하는 게 버릇이 된 나는 이 책을 읽으면서도 수현을 생각하지 않을 수 없다.

수현은 뭐가 되었을까. 별이나 나무나 꽃 같은 게 되었을까. 동물

이나 또다른 사람이 되었을까.

유령으로서 내 곁에 머무르고 있을까(개인적으로 나는 이것을 믿고 싶다).

에디시옹 장물랭이라는 독특한 이름의 출판사는 늘 나에게 감사해한다. 내 책방에서 오래 판매한 책이지만 그렇게 잘 팔아주지도 못했는데 언제나 뭔가를 고마워하는 모습.

그래서 앞으로도 더 열심히 팔아주고 싶은 책이고,

이 책은 충분히 그럴 만한 가치가 있다.

대한민국 마음 보고서

하지현 – 문학동네 – 2017년 2월

가장 마음에 와닿았던 부분은 선택장애에 대한 거였다.

나 역시 중증의 선택장애가 있기 때문이다.

단적으로 기억나는 사례를 들자면,

친구들하고 밖에서 술을 마시다가 2차로 집에 가서 먹자고 하고 이동하면서 있었던 일인데,

하필이면 그때 편의점에서 알아서 술과 안주를 사오라고 지목당한 사람이 나였다.

결과만 얘기할 건데 내가 편의점에서 적당한 술과 안주를 정하지 못하는 사이 친구의 집에 미리 가 있던 일행은 잠이 들거나 술이 깨서 집에 가거나 하는 등 완전히 엉망진창이 되어버렸다.

암튼 저런 비슷한 일이 나는 말도 못할 만큼 많고, 연애할 때나 친구를 만날 때나 종종 스트레스가 되기도 하는데, 이에 대한 하쌤의 촌철살인.

선택지가 너무 많다. 선택이 어려워지는 것은 당연하다.

여행지의 숙소를 고르기 위해, 옷 한 벌 사기 위해 인터넷을 시작하면 그길로 밤을 새는 건 시간문제이다. 괜찮은 옷과 괜찮은 숙소에 대한 정보가 무궁무진하기 때문이다.

하쌤은 끝이 없는 정보를 내 선에서 차단해서 선택의 장애에서 벗어나는 것도 하나의 방법이라고 이야기한다.

어쨌든 내 탓이 아니라는 그 한마디만으로 얼마나 힘이 되던지.

군주의 거울 — 키루스의 교육

김상근 – 21세기북스 – 2016년 3월

그리스 로마 신화를 좋아하는 사람들은 정말 신기하다.

나는 영 복잡해서 읽고 나서도 머리에 잘 머무르지 않는다.

이 책도 마찬가지였다.

딱 하나 또렷하게 머릿속에 남아 있는 것은 '아포리아'라는 단어. 처음에 아포리즘과 뉘앙스가 비슷할 거라고 예상했지만 알고 보니 아주 막막한 뜻을 가지고 있었다.

나중에 문정희 시인의 시집을 읽다가 「아포리아 역」이라는 시도 그렇게 머리에 자리를 잡았다.

2017 3 26

일요일

빨강머리 앤이 하는 말

백영옥 – arte – 2016년 7월

나는 빨강머리 앤을 싫어한다.

근데 싫어하는 이유를 꼬집어 말로 설명하기가 힘들다.

그냥 딱 내가 싫어하는 타입이다, 라는 표현이 적확하다.

나는 웬만해서 누군가를 '딱' 싫어하지 않는다. 싫어하는 일도 에너지가 드는 일이라 누구를 싫어하는 걸 좋아하지 않는다. 그런데 앤은 '딱' 싫다.

구구절절 부연도 필요 없다.

이 책을 다 읽고 나서 마음에 굉장한 변화가 있지는 않았으나,

내가 너무 오래전에 앤을 알았기 때문에 어떤 오해가 좀 있었을지도 모른다는 생각은 들었다.

지금 다시 『빨강머리 앤』을 보고 나면 마음이 좀 바뀔지도 모르겠다.

2017 3 27 월요일

실연의 박물관

아라리오 박물관 – arte – 2016년 5월

〈실연에 관한 박물관Museum of broken relationships〉이라는 전시가 있다.

실제 크로아티아의 어떤 연인이자 예술가인 두 사람이 이별하게 되면서 그것을 기념하기 위해 시작했다고 하는데, 점점 사람들이 많이 참여하게 되면서 이렇게 국제 전시 수준이 되었다고 한다.

이 전시가 2016년에 한국에서도 있었다.

실연,

연을 잃음의 '증거물'들의 전시인 셈이다.

전 연인, 먼저 세상을 떠난 가족, 반려동물, 과거의 나……

실은 이 전시가 한국에서 기획될 때 나에게도 연락이 왔었다.

나라면 수현에 관련한 물건을 기증해야 할 것이었다.

그런데 마땅히 기증해야 할 만한 것을 찾지 못했고,

더 큰 문제는 기증하고 싶지 않았다.

나에게 더할 나위 없이 소중한 것이 다른 사람들에게 보잘것없거나 대수롭지 않게 여겨지지는 않을지 겁도 났다. 이 전시에 참여할 수 없겠다는 의사를 전달했다.

나중에 책을 보니 정말 다양한 물건들이 있었다. 저 물건들을 기증하는 사람들 중 많은 이가 후련한 기분을 느끼는 것 같았다.

물론 나는 그 기분을 이해하지 못했다.

제주 아라리오 박물관도 찾았다. 꼭대기 층에는 실제 차가 한 대 놓여 있었다.

죽은 남편이 몰던 차였다고 한다. 이 차를 전시하기 위해서 옮기는 과정이 아주 힘들었다고 들었다.

낡았지만 반들반들했던 그 지프차, 그 차를 보고 나서야 기증자들의 '후련하다'는 기분을 조금 짐작할 수 있을 것 같았다.

지식인의 옷장

임성민 – 웨일북 – 2017년 2월

패션이라는 것을 나는 은연중에 그저 젊은 시절의 한 수료 과정(?)으로 보았던 것 같다.

그래서 언젠가는 졸업해야 하는 것으로.

그런데 패션에는 졸업이란 게 없다는 걸 알았네.

서둘러 재입학.

우리에겐 언어가 필요하다

이민경 – 봄알람 – 2016년 8월

암기 교재.

실용성만 놓고 봤을 때 거의 최고의 한국어 페미니즘 실용서가 아닐까 싶은 책.

여혐을 일삼는 사람들에게 어떻게 대응해야 하는지 이 책으로부터 비교적 실질적인 도움을 받을 수 있다. 그러나 이 책의 가장 선두에 놓인 메시지는 의외로 이것이다.

'굳이 상대를 설득하려 노력하지 않아도 괜찮다.'

그저 공격하는 것이 목적인 상대방을 설득하고 이해시키기 위해 굳이 시간과 노력과 본인의 가슴 아픈 경험까지 공개해가며 애쓸 필요 없다는 것. 그런 사람들의 대부분은 거의 설득당하지 않을 것이며, 결과적으로 본인의 상처만 하나 더 늘게 될 것이다. 그렇게 상처를 추가 보유하지 말 것.

2017 3 30

목요일

적정 소비 생활

박미정 – 씨네21북스 – 2016년 1월

『노처녀에게 건네는 농』이라는 여성 계간지를 읽었다.

딱 하나 빼고는 흠 잡을 데 없이 훌륭한 매거진이었다.

(그 딱 하나는 한국 최초의 여성 픽업아티스트에 대한 인터뷰였다.)

그중에서도 가장 좋았던 것은 푸른살림경제조합의 박미정 소장 인터뷰였다. 그는 인터뷰에서 대뜸 가계부를 쓰지 말라고 했다. 마침 가계부를 좀 써보려고 마음먹던 때였다. 가계 경제의 초석이라고 할 수 있는 가계부를 쓰지 말라니, 이게 무슨 말인가 싶었다.

'우리는 행복해지려고 돈을 쓰지 않는가. 그런데 가계부를 쓰면서 우리는 불행해진다. 왜 좋자고 돈을 쓰고 그렇게 불행해져야 하는가.'

인터뷰의 말미에 그가 썼다는 이 책을 발견하고 그길로 빛의 속도로 구입해서 읽었다. 다른 경제 서적을 탐독해본 적은 없지만 이렇게 젠틀하고 근사하게 돈에 접근하는 사람은 앞으로도 만나기 어려울 것 같다고 느꼈다. 나는 재테크인지 제태크인지 스펠조차 헷갈릴 만큼 그쪽 방면에 관심도 없고 아는 것도 없지만 돈을 통장에 그렇게 가만두고 있으면 안 된다고 어떻게든 투자를 하고 공부를 해서 지금의 자산을 더 크게 불려야 한다고 말하는 세상의 목소리를 안다.

그러나 이 책을 읽고 조바심에서 자유로워졌다.

박미정 소장님은 돈 얘기를 하면서도 가장 중요한 것은 자기 자신이라고 말한다.

나는 무엇을 원하는지. 내가 무엇에 돈을 쓸 때 행복한지. 나는 어떻게 살고 싶어하는 사람인지.

자신을 들여다보게 하는 낭만적이고 인간적인 경제 서적.

2017 3 31

금요일

사랑, 어쩌면 그게 전부

김선우 – 21세기북스 – 2017년 3월

이 책 안에는 사랑에 대한 똑똑한 열정이 들어 있다.

나는 이제 사랑이라는 말하고는 관계가 없는 사람이 되었다고 생각한다. 사랑이라는 말을 입에 올리지 않는 것은 아니지만, 마음 속에서는 손을 놓았다.

사랑을 체념한 것은 자진自進이 아니었다.

그런 점에서 나는 똑똑하지 못하다.

김선우 작가님은 여태 한 번밖에 보지 못했다.

종종 잘 아는 사람처럼 그립다.

같이 누워 대화를 나누다 잠들고 싶다.

April

82년생 김지영

조남주 – 민음사 – 2016년 10월

다른 건 몰라도 책에 관해서는 '운명'을 믿는다.

모든 책은 읽을 때가 미리 정해져 있다는 믿음이 있다. 아무리 다들 좋다는 책도 내가 여간해서 읽을 마음이 들지 않는다는 것은, 아직 그 책과 내가 만날 연이 아니기 때문이거나 아예 나랑 인연이 아니기 때문이다.

그래서 나는 내가 읽는 한 권 한 권이 모두 소중하고 각별하다(재미가 없다고 해도 말이다).

일이 바빠 미루고 미루다 겨우 이 책을 손에 잡은 게 4월 1일이었다.

"김지영씨는 1982년 4월 1일, 서울의 한 산부인과 병원에서 키 50센티미터, 몸무게 2.9킬로그램으로 태어났다"는 대목을 읽으며, 나는 나와 이 책의 인연에 아찔했다.

당일 이 책을 다 읽었다.

읽는 속도가 느린 내가 책 한 권을 당일에 다 읽는 일은 자주 일어나는 일이 아니다.

나는 불에 타는 것처럼 이 책을 읽었다. 활활 읽었다.

이 책의 소감은 사실 이 한 줄이면 된다.

'나는 81년생 김지영이다.'

빌 브라이슨 발칙한 영국산책 2

빌 브라이슨 – 박여진 옮김 – 21세기북스 – 2016년 7월

으 재미없어.

(빌 브라이슨이 나를 알 리는 없어서 내가 이렇게 대놓고 재미없다고 말할 수 있다는 게 기분이 좋다는 점에서는 좋은 책이었다.)

만약은 없다

남궁인 – 문학동네 – 2016년 7월

응급의학과 전문의인 남궁인 선생님의 응급실 이야기.

책에 쓰여진 대로, 응급실에서 지내며 생사가 갈리는 현장을 매일같이 접하다보면 죽은 육체를 보는 일에 익숙해지지 않을 수 없을 것 같다. 비단 응급실이 아니더라도 사람의 육체를 수시로 보고 다루는 일을 하는 사람들—이를테면 세신사, 마사지사 같은…… 그런 사람들에게 타인의 육체는 무엇일까. 가끔 세신사에게 내 몸을 맡겨두고 누워 있으면 내가 그냥 살덩이가 된 것 같은 기분이 든다. 손길에서 내가 그렇게 취급받고 있다는 게 느껴진다. 함부로 대한다는 말이 아니고 나는 그들에게 인간이 아니라 그냥 오늘 처리해야 할 물량(?)이 된 것 같다고 할까. 잠깐 동안 나와 그들 사이에서 지워지는 무언가가 있는 것 같다.

책을 다 읽고 나면 남궁인 선생님이 참 신기해진다.

책 속에서 엿보여지는 그의 정서는 좀 유약하고 섬세해 보이는

데 하고 있는 일은 되게 강한 멘탈을 요구하는 일이라.

몇 번 뵌 바로는 다재다능하고 못하는 게 없으시던데 멘탈의 강약 조절도 능한 사람일지도 모르겠다.

2017 4
4
화요일

혼자 잘해주고 상처받지 마라

유은정 – 21세기북스 – 2016년 10월

그런데 세상에는 혼자 잘해주고 상처받는 사람들 때문에 상처받는 사람도 존재한다.

상처란 끝이 없다.

2017 4
5
수요일

아무도 무릎 꿇지 않은 밤

목수정 – 생각정원 – 2016년 10월

부끄럽지만 목수정씨는 내가 멋대로 동경하고 있는 분이다.

왜냐하면 그녀는 정말 아름답고(세상에는 정말 다양한 아름다움이 존재하는데 그중에서도 내가 찬미하지 않을 수 없는 종류의 아름다움이 있고 그것이 그녀에게 있다)

지적이고, 그리고 프랑스에 산다.

멀리 사는 사람이지만 나와 아주 가까이 살고 있는 것만 같다.

책을 읽다보면 그렇게 느낀다.

2017 4
6
목요일

아무래도 아이는 괜찮습니다

사카이 준코 – 민경욱 옮김 – arte – 2017년 1월

교회 다니던 시절에 2년 정도 아이들을 가르친 적이 있다.

그 이후에 결혼도 아이도 싫어졌다.

일본에서도 아이를 낳지 않겠다는 사람에게 가해지는 이런저런 강요가 심한 모양인지 아이를 안 낳고 살고 싶다는 것에 대해 책 한 권 분량의 이야기가 나왔다는 것이 일단 재미있다.

대체적으로 논조가 '변명'의 느낌이 강하다.

나라면 기본적으로 글에 '화'와 '분'이 많이 묻어나올 것 같은데 이 작가는 계속 변명이다.

문화의 차이인지 기질의 차이인지 알 수 없다.

2017 4
7

금요일

청춘길일

양승우 – 눈빛 – 2016년 7월

우연히 자극적인 사진을 하나 보고 구입하여 읽었다.

너무나 원초적이어서 흑백사진인데도 눈이 아프다.

일본과 한국을 오가며 야쿠자와 조직폭력배의 일상을 가감 없이 드러냈다. 뒤에 해설을 보니 사진 속에 작가 자신이 때때로 잡히기도 했다던데 누구인지 모르겠다.

추악의 미라는 것도 존재한다고 생각하고 솔직히 그런 식으로 이 사진들을 받아들였다.

작가의 말에 따르면 착하지는 않아도 나름대로 열심히 살고 있는 친구들이 너무 좋고 그 모습을 담고 싶었다고 쓰여 있었다. 그걸 읽고 보니 추악의 미라는 입장으로 이 책을 본 것이 조금 경솔하게 느껴졌다.

2017 4
8
토요일

헌법의 상상력

심용환 – 사계절 – 2017년 2월

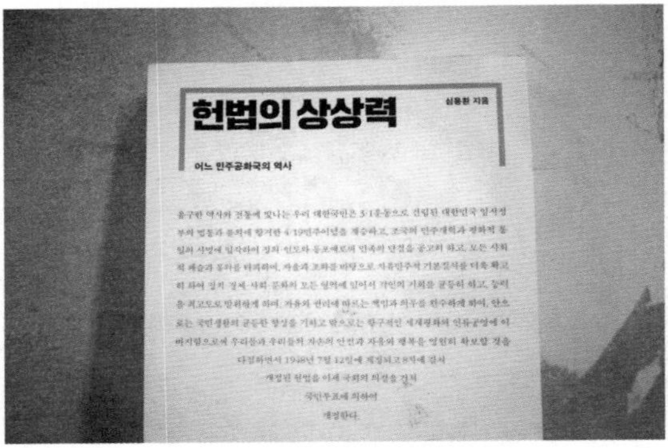

헌법 책이지만 법률 전문 서적이라기보다 역사서에 가까운 느낌. 우리나라의 헌법은 어떻게 바뀌어왔는지 헌법 중심의 한국의 근현대사를 알아갈 수 있었고, 뿐만 아니라 다른 나라의 근현대사도 함께 엿볼 수 있었다.

법+역사이다보니 나 같은 사람들에게는 진입장벽이 좀 높게 느껴지고, 약간 어수선한 느낌도 있지만 그것에 적응하고 나면 유익한 쾌감이 곧 따른다.

2017 4
9
일요일

소리내어 읽는 즐거움

정여울 – 홍익출판사 – 2016년 10월

낭독의 힘은 생각보다 정말 대단하다.

나는 누군가의 시 낭독을 듣게 되면서 알았는데 나중에 내가 직접 읽게 되면서 그 힘을 더 알게 됐다.

눈으로 한 번 읽고, 입으로 또 한번 읽고, 마지막으로 그걸 귀로 또 듣게 되어서 그런 것인지

확연하게 달라진 이해도와 심적 안정에 나 스스로 깜짝 놀랐던 적이 있다.

이 책은 낭독을 전제하여 만들어진 책이니 이 책 안에 들어 있는 텍스트들은 좀더 낭독에 맞춤되어져 있을 것이었다. 그래서 부러 천천히 읽었다. 몇몇 텍스트들은 소리내어가며 읽었다.

흔들림 없이 두려움 없이

백성호 – arte – 2016년 11월

현재 무교이다.

신이 없다고 생각하는 것은 아니고 불가지론자에 가깝다.

예전에는 기독교신자였다.

다섯 살 무렵엔가 부모님한테 내가 일요일마다 앞으로 갈 데가 있다고 선전포고를 했다고 한다. 알고 보니 내가 혼자 교회를 들어가 전도(?)를 당해온 것이었는데 실제로 그때부터 꾸준히 독실했다. 보통 부모의 영향을 받아 세습되는 경우가 많은 자기의 종교를 나는 내가 스스로 선택했다는 점에서 늘 강한 자부심을 갖고 있었다.

그러다가 동생을 사고로 잃고 얼마간 더 치열하게 종교에 매달리다가 어느 순간 모든 것을 내려놓았다. 목사님에게 "신은 없는 것 같아요. 저는 이제 이곳에 오지 않겠습니다"라고 말하고 교회에 발길을 끊었다.

그때는 신은 아예 없다고 생각했었다.

그러나 지금은 신은 있을지도 모른다고 생각한다. 다만 나의 지각으로 그걸 인지하기에는 내가 너무 보잘것없다고 느낀다.

이 책은 종교 칼럼을 주로 쓰는 백성호 기자가 직접 이스라엘로 떠나 예수의 발자취를 다시 찾아가며 성서의 가르침을 되새겨보는 책이다. 이 책을 읽으며 괜한 향수에 사로잡혀 많이 울었다.

나는 정말 신실한 신도였다. 그런데 이제 다시 그때로 돌아갈 수가 없다는 게 무척 안타깝고 슬펐다.

어떤 종교든, 종교를 가지고 있다는 것은 행복한 일이다.

그것을, 종교를 잃고 알았다.

예전에는 나를 힘들게 하는 그 어떤 상황 앞에서도 담대함이라는 것이 있었다. 기도할 수 있기 때문이었다.

내가 믿는 신에게 쪼르르 달려가서 도와주세요, 살려주세요, 저에게 힘을 주세요, 하고 기도할 수 있었다. 그 문제가 해피엔딩이 되면 당신 덕분에 내가 잘되었다 감사했고 새드엔딩이 되어도 당신이 뜻한 바 있어서 내 뜻을 이루지 못한 것이라고 믿는다고 그렇게 건강하게 받아들일 수 있었다. 종교를 잃고 나서 가장 힘들었던 것은 기도할 곳이 없다는 막막함이었다.

진짜 나밖에 없다는 자각. 이 세계에서 이제 나를 지킬 존재는 이렇게 형편없는 나 혼자라는 사실.

휘청휘청거렸다. 뭐든 다시 믿고 싶어졌지만 그 마음이 다시 생기지 않았다.

팟캐스트에 나오셨던 기자님은 예를 들어 절대 진리라고 하는 것을 부산이라고 치자고 했다.

부산까지 가는 길은 ktx도 있고, 버스도 있고, 자가용도 있을 거라고. 그런 말씀을 하셨다.

방송을 마치고, 조심스럽게 기자님께 물었다.

—저, 이런 질문 정말 많이 받아보셨을 텐데, 정말 궁금해서 여쭤봐요. 기자님은 어떤 종교를 믿으세요?

기자님이 웃으며 대답했다.

—저는 '부산'을 믿습니다.

2017 4
11
화요일

우리의 소원은 전쟁

장강명 – 예담 – 2016년 11월

'통일'에 있어서 나는 아직 순진했다.

통일은 무조건 되어야지.

원래 같은 나라였으니까.

물론 남쪽에 이런저런 불편한 지점들이 많이 생기겠지만 그건 우리가 감수해야겠지.

이런 순진한 사람들에게 이 책은 정말 따끔하다.

통일이라는 것은 그렇게 낭만으로 퉁치고 넘어갈 사안이 아니라는 것을 픽션임에도 굉장히 논픽션적으로 보여준다.

무척 부끄러웠던 독서.

2017 4
12
수요일

그럴 때 있으시죠?

김제동 – 나무의마음 – 2016년 10월

제동 오라버니는 아주 옛날에 홍대 인근의 카페(이자 술집)에서 알았다.

친구들과 함께 있었는데 갑자기 어디선가 술에 엄청 취해서 나타나 내 앞에 대뜸 앉았다.

그러곤 무슨 얘기를 꺼냈는데(정치적인 이야기) 그 이야기가 나에게 좀 거슬리는 것이 있었다.

초면인 그에게 "그건 아니죠" 하고 말을 걸었다.

그래서 우리는 얼마간 말다툼을 했다.

문제는 나도 취해 있었기 때문에 무엇 때문에 어떻게 싸웠는지 기억을 못했다는 데 있다.

그리고 한참 뒤에 '톡투유'라는 프로그램에서 다시 만나, 제대로 통성명을 하고 친구가 되었다.

약간 가까운 거리에서 본 그는 정말 바쁜 사람이었다.

시간을 쪼개고 쪼개서 사는 듯 바빠 보이는데 책까지 쓰다니.

아무리 생각해도 바쁜 사람일수록 시간이 많다.

쓰다보니 책 내용을 안 썼는데,

집에서 자기 전에 술 마시면서 읽다보니 자세히 생각이 잘 안 나네.

우리의 연은 늘 이런 식이구나.

서른이면 달라질 줄 알았다

이동귀 – 21세기북스 – 2016년 10월

안 달라진다.
이것은 경우에 따라 끔찍하기도 하고 안심이 되는 말이기도 하다.
이 책은 서른이 되어도 달라지는 것은 없으며
사람이 다른 사람을 변화시키는 것은 거의 불가능에 가깝다는 것.
그리고 자기 자신을 있는 그대로 받아들여야 한다는 것.
어찌 보면 뻔한 이야기를 한다.
그치만 나는 뻔한 이야기와 뻔한 조언이 없으면 절대 못 산다.

2017 4

14

금요일

편의점 인간

무라타 사야카 – 김석희 옮김 – 살림 – 2016년 11월

실제 편의점에서 근무하면서 살고 있는 작가가 쓴 이야기.

읽기도 전에 엄청난 진정성이 느껴지는 책이었다.

마치 아니 에르노 책처럼. 에니 아르노였나? 언제나 헷갈린다.

'평균'에, '보통의 범주'에 편입하지 못하는 인생들에 대한 이야기인데, 나는 이 책을 읽으면서 좀 혼란스러웠다. 취업할 생각도, 결혼할 생각도 없이 편의점 알바로 사는 것에 불만 없는 주인공과 그녀와 대치관계에 있는 주변 사람들. 나는 그 양쪽의 입장이 다 이해가 갔고, 그 양쪽이 다 섞인 사람인 것 같았다. 잘 알지도 못하면서 거침없이 조언하는 사람들에 분개하면서도 답답한 주변 사람에게 '그렇게 살지 마'라고 얘기하는 게 나였다.

2017 4 15 토요일

탈, 노후빈곤

선데이마이니치 취재반 – 한상덕 옮김 – 21세기북스 – 2016년 10월

청춘페스티벌에서 내가 했던 강연이 SNS상에서 굉장한 인기였다.

강연의 요는 오늘의 중요성이었다.

늙어서 잘살기 위해서 오늘 먹고 싶은 아메리카노를 참지 말자, 는 말도 했다.

그 강연을 하고 얼마 뒤에 어떤 신문에서 한국의 노인 빈곤율이 50퍼센트라는 기사를 보았다.

지금 우리 중의 절반은 앞으로 빈곤한 노인이 될 거라는 말인데, 이런 상황에서 늙음을 너무 준비하지 말라는 나의 강연이 새삼 누군가에게는 폭력적이었겠다는 생각이 들었다.

물론 나는 지금도 오늘만이 중요하다고 생각하는 사람이지만(그렇다고 오늘을 매일 보람 있게 살지도 않으면서) 점점 평균수명이 늘어나는 이때에 노후를 준비하지 않으면 안 될 것 같은 불안함도 이제는 충분히 인정하고 공감한다.

이 책은 일본의 노후 빈곤의 실태를 『선데이마이니치』라는 시사지에서 장기간 연재한 것을 책으로 묶어 낸 것이다. 자극적이면서 충격적인 실례가 많아 읽으면서 겁이 확확 든다.

다만 아플까봐 겁이 나고 그저 일하다가 죽는 것이 소원이라고 말하는 한 노인의 말을 읽으며 과연 나는 몇 살까지 살 것인지, 나의 노후는 어떤 모습일지 상상하지 않을 수 없었다.

아무리 상상해도 상상되지 않는 그림.

오늘만을 사는 나도 궁핍하지 않게 오래 살고 싶다.

나는 귀머거리다

라일라 – 서울문화사 – 2015년 8월

고등학생 때 수화를 잠깐 배운 적이 있다.

ㄱ ㄴ ㄷ ㄹ ㅏ ㅑ ㅓ ㅕ ……

지금도 거의 까먹지 않았다. 심심하면 내가 배운 수화로 이런저런 글자들을 만들어보곤 한다.

청각장애인들은 모두 수화가 가능할 거라고 생각했다.

이 책을 읽고 그게 아니란 걸 알았다.

그 외에도 내가 알 수 없는 청각장애인의 삶을 이 웹툰으로 정말 많이 배우고 있다. 본인과 가족이 분명 겪었을 수난을 귀엽고 사랑스럽게 다루는 작가님을 보면서 과연 고수답다고 느꼈다(내가 본 생의 고수들은 하나같이 무겁고 심각하지 않고 가볍고 유머러스한 사람이었다).

나도 그렇게 살고 싶어서 〈장난치고 싶어〉라는 노래를 만들었지만 노래를 만든다고 해서 노래하는 대로 되는 건 아니라서……

고양이 공부

김병목 글/김지원 그림 – 희목원 – 2012년 7월

책의 디자인이 좀 조악하다.

수의사인 저자와 그의 누나가 직접 쓰고 그리고 하다보니 그렇게 된 것 같은데.

그러나 정보는 제대로 다 들어 있고 알차다.

얼마 안 되었을 것 같은 책의 수익금으로는 길고양이들의 사료 지원을 해주었다고 하는데, 여러모로 착한 책이지만 그래도 디자인을 보강해서 다시 내주었으면 하는 바람이 있다.

내용이 좋은데 디자인이 예쁘지 않은 책을 보는 것은 의외로 큰 고통이다.

1시간에 1권 퀀텀 독서법

김병완 – 청림출판 – 2017년 3월

지금 이 작업을 하지 않았다면 교보문고 구경하다가 이 책이 눈에 띄는 일도 없었을 것이다. 나는 읽는 속도가 매우 느리다고 생각되고 그게 지금처럼 불만인 적이 없다.

이 책에 대해서는 여전히 회의적이다. 과연 그렇게 후루룩 읽어서 책을 속속들이 이해하는 일이 가능할까? 각각의 텍스트는 그 난이도와 호흡이 다 다를 텐데. 단적으로 시집을 이런 식으로 읽을 수는 없지 않는가 말이다. 그런데 후루룩 독법이 영 불가능한 것은 아닌 것 같기도 하다. 이 책은 후루룩 읽었으니 말이다.

•

여수

서효인 – 문학과지성사 – 2017년 2월

진짜 다정한 사람인가봐.
그래서 여기저기 적籍이 많은가보다.
그의 시 중에 「구미」라는 시는
내가 〈늙음〉이라는 노래를 만들던 마음과 비슷해 깜짝 놀랐다.

2017 4 20 목요일

최선은 그런 것이에요

이규리 – 문학동네 – 2014년 5월

어떤 책을 읽고 나면 어떤 문장이 그대로 나의 것이 된다.

이 책을 읽고 나서는 「특별한 일」이라는 시가 그대로 나의 것이 된 기분이다.

누군가가 '지푸라기라도 잡는 심정으로 임했다'고 말하면,

"그러나 지푸라기를 잡고 싶은 건 아니겠지요" 하고 말했다.

외롭다는 말을 아무때나 쓰지 않기 위해서

아무때나 쓰는 사람을 미워했다.

내가 작사 수업을 할 때 학생들과 다 같이 이 시집을 읽은 적이 있다.

"이 시집은 이해가 다 잘 가고 쉬웠지요?" 하고 내가 말했을 때

나를 재수없게 바라보는 몇 개의 눈을 보았다.

아니요, 어려웠습니다.

대놓고 불편함을 말하는 사람도 있었다.
언젠가 이규리 시인을 꼭 만나고 싶다.
우리는 꼭 말이 잘 통할 거라고 나는 믿고 있다.

별사탕가게

오하나 – 닻프레스

우연히 읽은 몇 개의 시가 좋아 힘들게 구한 책.

나만 알고 싶어 여기저기 추천하지 않았던 창피한 욕심이 이 책에 묻어 있다.

연지원에 대하여

이연주 – 부크크 – 2016년 3월

연지원이 뭔지 모르는 상황에서 책을 샀다.

어떤 단체나 기관의 이름 같은 연지원은 알고 보니 그냥 어떤 사람의 이름이었다.

연지원이라는 사람에게서 약 10년간 가르침을 얻은 제자가 그에게 배운 것을 정리하여 소개하고 그가 얼마나 훌륭한 사람인지를 스승을 대신해 소개하며 덧붙여 자기의 자전적인 성장도 기록해놓은 책이다.

여기저기 주변에 눈 돌리기 좋아하고 이것저것 집적거리기를 즐기는 나와 다르게 저자는 깊이 들어가는 지식에 대한 욕망이 독하다. 복수하는 사람처럼 독하다.

늘 복수를 위해 사는 사람들이 부러웠다.

나도 복수 같은 것에 사로잡혀서 남은 생 바쳐보고 싶다.

얼마나 재미있을까 삶이.

고통과 환희의 순간들

프랑수아즈 사강 – 최정수 옮김 – 소담출판사 – 2009년 11월

사강과 동시대에 태어났다면 기를 쓰고 이 여자를 쫓아다녔을 것 같다. 읽다가 몇 번이나 숨을 골라야 했다. 숨이 차는 매력이다. 그녀는 어딘가에 빠지지 않고는 견디지 못하는 사람 같았다. 그녀의 말로는 힘들었다고 한다. 그러나 이러한 젊음을 살았으니 괜찮다고 나는 감히 생각한다. 내 기준에 그녀는 그녀의 젊음을 완전연소한 것처럼 보인다.

동백계집

박예나 - 십구시선

저자는 고3이었다.

나는 나이로 질투를 느낀 적이 없다.

나이라는 것은 순서의 차이가 있을 뿐 공정한 것이다.

나보다 나이가 어리다고 그의 젊음을 질투하는 것은 유치하고 어리석다. 나 역시 그 시절을 거쳐 지금에 왔고 지금 어린 친구들도 똑같이 늙을 것이다.

다만 이 책을 읽을 때 부러움이 울렁였다.

열아홉 살에 시집을 만드는 이에게.

보노보노처럼 살다니 다행이야

김신회 – 놀 – 2017년 4월

신회 언니의 책은 거의 다 읽었다.

그중에서도 가장 좋아하는 책은 『남의 사랑 이야기』였다. 내가 언니에게 이 말 했을 때 하필이면 망한 책을 제일 좋아하냐며 '너도 참 별수없는 마이너'라는 식으로 말한 게 생각난다. 이 책은 베스트셀러로 화제가 되고 있고 교보문고에 가거나 온라인서점에 들어갈 때마다 그 인기를 간접 실감한다. 엄청 부럽다.

자기 책이 베스트셀러가 되는 기분은 어떨까?

내가 좋아하는 보노보노로 쓴 좋아하는 언니의 에세이,

책에도 원 플러스 원이라는 게 있다면 이런 것이려나.

하루종일 즐겁고 산뜻하게 잘 읽었다.

2017 4 26 수요일

괴괴한 날씨와 착한 사람들

임솔아 – 문학과지성사 – 2017년 3월

괴괴하다는 것이 무슨 뜻인지 사전을 찾아보았다.
「케빈 카터」라는 시를 읽으면서는
이 사람이 누군지 또 찾아보았다.
그 외에도 나는 이 시를 읽으며 자주 멈춰 찾았다.
언젠가의 나를 대변하는 것 같은 시들 앞에 멈춰
그게 언제였더라 뒤적거렸다.

그의 전작 『최선의 삶』을 읽었던 것이 분명
이 시를 이해하는 데 도움이 되었을 거라고 믿고 싶다.
이 책에는 해설이 없다.
해설이 왜 없지 나는 해설이 있는 것에 찬성한다.
나는 나에게도 해설이 있었으면 한다.
누가 내 해설을 써주었으면 한다.

읽지 않은 책에 대해 말하는 법

피에르 바야르 – 김병욱 옮김 – 여름언덕 – 2008년 2월

헌책방에서 샀다.

책을 읽는다는 것은 여러 층위로 설명될 수 있을 텐데 이 책이 말하는 '읽음'은 책을 넘어서는 '읽음'이다. 책 속에 갇힌 읽음이 아니기 때문에 책을 끝까지 씹어먹을 듯이 이해하지 않아도 되고 도중에 읽는 것을 포기하거나 심지어는 아예 읽지 않고도 그 책에 대한 대화를 나눌 수 있어야 한다. 독자가 책을 이끌어야 한다(끌려가거나 잠식되지 말고).

이 책을 읽고는 책 앞에서 마음이 더 가볍다.

수박 수영장

안녕달 – 창비 – 2015년 7월

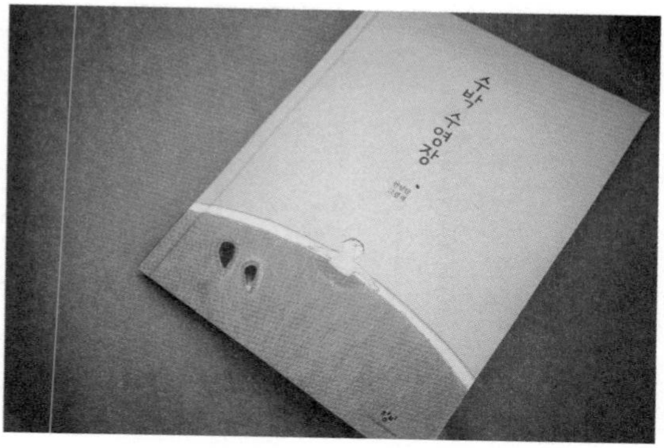

이 책을 읽으며 좀 괴로웠다.

핸드크림이나 보디로션 같은 것도 계절별로 신경써 바를 만큼 끈적이는 것을 싫어하는데 수박 안에서 수영한다는 설정은 상상할수록…… 너무…… 온몸에…… 끈적한 수박 물…… 아아아.

그러나 그림은 정말 좋았다.

수박의 식감을 어쩌면 그렇게 완벽하게 그림으로 살려낼 수 있을까. 정말 대단해.

나의 아름다운 정원

심윤경 – 한겨레출판 – 2002년 7월

정원이라는 친구가 있다.

파리에서 살고 있다.

트위터를 통해 처음 알았다.

정원을 위해 파리로 책을 보냈다가 무슨 일인지 반송이 된 적이 있었다. 반송된 이유를 알지 못해 다시 소포를 부칠 엄두를 내지 못했다. 그러다 체코에 갈 일이 생겼다. '체코에 가는 김에 책을 주러 파리에도 들러야겠다고 생각했다.' (방금 이 말 너무 멋지다.)

정원을 그렇게 처음 파리에서 만났다. 그뒤로 우리는 각별한 친구가 되었다.

우리는 주로 메신저로 미친듯이 수다를 나눈다.

어느 날은 '구원'에 대한 얘기를 하고 있었다.

그러다 정원이 이 책 얘기를 꺼냈다. 자신이 파리로 오면서 챙겨온 소설이 딱 두 권인데 그중 하나가 이 책이라고.

본인 이름이 정원이라 책 제목을 알려주면서 멋쩍게 웃었다. 나는 바로 다음날 이 책을 구입해서 읽었고,

아주 많이 울었다.

이 책을 쓰신 심윤경 작가님은 예전에 일 때문에 뵌 적이 있었다. 나는 오랜만에 작가님에게 연락을 드렸다. 안부도 물었고, 이 책을 써주셔서 감사하다고도 전했다.

얼마 뒤, 정원이 한국에 잠시 왔다.

정원과 심윤경 작가님을 만나게 해주고 싶어 그렇게 했다.

우리 셋은 아침 아홉시에 서촌에서 만났다. 주인공 동구의 집에 찾아가 담장을 빼꼼 넘어다보며 동구를 찾았다.

정원이라는 한 사람을 알게 되고, 심윤경이라는 한 사람을 알게 되고, 어느 날 두 사람 덕에 이 책을 읽게 되고, 그러다 예상치 못하게도 잘 모르는 세 사람이 어느 화창한 초봄 아침에 서촌길을 이렇게 함께 걷고 있다.

구원도 어떻게 보면 협업이 필요한 일이다.

나는 잠깐 설웁다

허은실 – 문학동네 – 2017년 1월

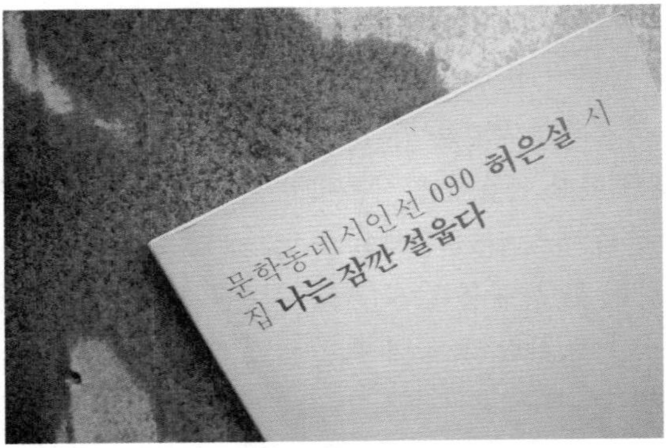

첫 만남을 떠올려보자니 몇 년 전인지가 가물가물하다.

아마도 2009년이나 2010년 정도가 아닐까 하고 넘겨짚어본다.

처음에는 시인의 목소리부터 알았다.

장진 감독이 진행하던 라디오 프로그램에서 섭외 요청이 있었다. 나는 거기서 책 한 권을 추천하는 역할을 맡았다. 황정은 작가의 『일곱시 삼십이분 코끼리 열차』를 준비했고, 얼마 뒤에 모르는 번호로 전화가 왔다. 받아보니 그 방송의 작가라고 했는데, 바로 허은실 시인이었다.

그렇게 특별할 것도 없었던 전화 통화는 결과적으로 나에게는 특별한 통화로 남아 있다. 그것은 통화중 초면에 쉽게 내뱉지 못하는 어떤 단어를 내가 머뭇머뭇하는 사이에 그가 스스럼없이 먼저 발음해주었기 때문이었다. 시인의 목소리는 좀 유리 같았다. 깨질 것처럼 불안하게 떨림이 있는 음색. 그런 목소리로 그 단어를 별것도 아니라는 듯이 툭 발음했을 때, 그게 듣는 입장에서 참 쾌감이 있었다. 또 내가 머뭇한 그 단어를 어떻게 정확하게 알았을까, 정답을 맞춰준 것이 신기하고 반갑기도 했다.

결정적으로 그 단어가 뭐였는지가 지금 조금 헷갈리는데 '지랄' 아니면 '병신' 둘 중 하나일 것이다.

방송날 처음으로 만난 허은실 시인은 '근사'했다.

길고 구불구불한 머리카락이 아무렇게나 풍성하게 흐트러져 있었고, 가는 팔이 움직일 때마다 장신구들이 창창 소리를 냈고, 화려하고 긴 에스닉 스커트도 생각나고.

장진 감독님과 『일곱시 삼십이분 코끼리 열차』에 대해서 무슨 말을 나눴는지 아무것도 기억나지 않고

그 방송 날 생각나는 것은 허은실 시인에 대한 첫인상—근사하다—하나뿐이다.

'근사하다'라는 단어를 써놓고 보니까 하고 싶은 얘기가 또 생각났는데,

우리 두 사람은 피차 건강한 체질이 되지 못하여서 안부를 물을 때마다 둘 중 하나는 염증에 사로잡혀 있곤 했다. 허은실 시인은 염증이 늘 폐에 머물러 있었고, 내 경우는 방광이었다. 한잔합시다 하면 내 방광염 때문에 다음으로 미루고, 얼마 뒤에 또 술 한잔합시다 하면 그의 폐렴 때문에 다음으로 미루고 그랬다.

그때도 내가 이런 말을 한 기억이 난다.

"아픈 것도 어쩌면 그렇게 근사한가요."

폐병을 앓고 있는 시인이라니. 자연스럽게 이상 생각도 나면서 참 근사하지 않은가.

그에 반해…… 방광.

방광염을 앓고 있는 뮤지션.

왜 나는 이렇게 민망한 발음을 요하는 부위가 약하게 태어나버

렸는가 모르겠다.

아무튼 허은실 시인과의 첫 만남은 이러했다.

그뒤로 우리는 너무 잦지도 않고 너무 드물지도 않은 연락을 유지하면서 서로의 염증 상태를 걱정하고, 가끔은 차를 마시거나 술을 마시고, 서로 간에 주고받을 수 있는 도움을 나누며 지내왔다.

나는 굵직한 그의 영역에 언제나 한 발 걸치고 있다.

'빨간책방'이라는 팟캐스트의 작가로도 활약하고 있는 그의 일터에는 내가 만든 로고송이 주기적으로 흐르고 있고(얼마 전 다른 곡으로 대체되었다),

그 팟캐스트의 주옥같은 오프닝을 모아 엮은 『나는, 당신에게만 열리는 책』이라는 책의 뒷장에는 내가 쓴 추천사가 떡하니 박혀 있고, 이번에 나온 그의 시집 때문에 나는 지금 정체성이 흐릿한 글을 쓰면서 또 한 발 걸치려 하고 있다.

그의 첫번째 시집에 대한 느낌을 말해야 하겠다.

일단은 말로 표현할 수 없는 후련함이 있다.

나 역시 창작을 하는 사람으로서 "새 앨범을 '준비중'이다"라고 말할 때 그 '준비중'이라는 단어의 아득함을 모르는 것이 아니다. '준비중'이라는 단어야말로 영원에 가장 근접한 단어일지도 모른다. 그것을 누구보다 잘 이해해줄 수 있는 입장임에도 불구하고 시집을 '준비중'이라는 사람한테 대체 언제까지 준비중이냐 독촉했던 사람 중 한 명이 나였다.

시집을 읽어나가면서는, 좀 두려웠다.

세상에 미역처럼 무서운 것이 있을까
한 줌이었던 것이 이토록
방안에 가득하잖아요

—「이별하는 사람들의 가정식 백반」 부분

내가 만약 허시인을 개인적으로 몰랐다면, 혹은 간단하게 아는 사이였다면 방안을 가득 채우는 통통한 미역을 마냥 경이로워 했을 것이다. 그런데 나는 그동안 '한 줌이었던' 허은실만을 주로 알았다. 뮤지션이라고 해서 평소에 늘 음악적으로 사는 것은 아니듯이 내가 알던 허은실도 좀처럼 나에게 시적인 모습을 보여주지 않았다. 그러다 시집 속에서 맞닥뜨린 처음 보는 거대한 시인으로의 변이에 나는 조금 겁을 먹었다. 그러나 이것은 내가 허시인을 10년 가까운 시간 동안 알면서 받아든 첫번째 시집이기 때문에 느낀 조금은 자연스러운 당혹감이라고 생각하고 있다.

최초의 두려움이 지나고 난 뒤 모든 시를 열심히 좇았다.

내가 갖고 있는 어떤 애호에 대한 의문이 순식간에 해결되는 특별한 경험을 선사해준 시 하나를 여기에 소개하고 싶다.

나의 수많은 애호 중 하나는 '고열'에 있다.

고열을 동반한 몸살을 나는 아주 좋아한다. 신이 날 정도로 좋아한다. 목감기에 걸려서 걸걸한 음색을 갖게 되지도 않고, 코감기에 걸려서 거추장스러운 콧물을 쏟아내지도 않고, 몸살이란 그저 조용하고 차분하게 온몸의 근육들을 비틀면서 조금씩 남보다 뜨거운 사람이 되게 한다. 정말 좋아하는 부분은 지금부터다. 열 때문에 나른하고 몽롱해진 기운으로 만나는 사람에게마다 이렇게 말한다.

"저 열이 있어요."

그러면 사람들은 대부분 내 이마로 손을 뻗는다. 거의 예외 없이 그렇게 한다.

친하지 않은 사람들도 '이마에 손 한 번 대봐도 돼요?' 같은 말 한마디 없이 제 이마에 자기 맘대로 손을 댄다.

나는 그게 그렇게 좋다. 차갑고 다정한 타인의 손바닥을 하나하나 이마로 받아내는 일이.

반대로 누가 내게 열이 있다고 말할 때에도 나는 그 이마에 손을 당장 얹어보고 싶은 강한 충동을 느낀다. 그래서 타인의 이마에 맘대로 내 살을 대곤 한다.

나는 이게 왜 이렇게 좋을까, 좋아하면서도 의문이었다.

내가 소개하고 싶은 시는 이것이다.

이마

타인의 손에 이마를 맡기고 있을 때
나는 조금 선량해지는 것 같아
너의 양쪽 손으로 이어진
이마와 이마의 아득한 뒤편을
나는 눈을 감고 걸어가보았다

이마의 크기가
손바닥의 크기와 비슷한 이유를
알 것 같았다

가난한 나의 이마가 부끄러워
뺨 대신 이마를 가리고 웃곤 했는데

세밑의 흰 밤이었다
어둡게 앓다가 문득 일어나
벙어리처럼 울었다

내가 오른팔을 이마에 얹고
누워 있었기 때문이었다
단지 그 자세 때문이었다

May

2017 5
1
월요일

기억하겠습니다

이토 다카시 – 안해룡/이은 옮김 – 알마 – 2017년 3월

텀블벅 후원으로 받은 책이다.

일본군 위안부가 된 남한과 북한의 여성들에 대한 인터뷰와 르포르타주가 수록되어 있다.

책 속에 등장하는 할머니들은 이제 다 돌아가셨다.

다른 현안들과 다르게 이 문제를 생각하면 마음이 너무 급하고 초조해진다.

영어책 한 권 외워봤니?

김민식 – 위즈덤하우스 – 2017년 1월

안 그래도 곧 미국으로 유학 떠나는 팟캐스트 동료 진행자인 김관 기자에게 영어공부 어떻게 했냐고 진지하게 물어봤었는데 며칠 뒤 이 책이 팟캐스트에서 곧 다루게 될 책이 되었다.

굿 타이밍.

방송국 PD의 영어공부 책이라 좀 믿음직스럽지 않았었는데 다 읽고 완전히 사로잡혀버렸다.

일단 기초회화 영어책 한 권을 외우면 기본기는 자연스럽게 해결된다는 게 이 책의 기본 메시지이다. 그리고 조기 유학이 얼마나 쓸데없는 짓인지도 주요하게 설명해놓았는데 아주 동감했다.

그나저나 내 암기력 아직 쓸 만한 걸까. 책 한 권을 외울 만한 능력 있긴 있을까나.

팟캐스트 녹음이 기다려진다.

나 향상성 하나만큼은 참 대단한 것 같음.

실천을 안 하는 게 문제지만.

자화상

에두아르 르베 – 정영문 옮김 – 은행나무 – 2015년 3월

두껍지 않은 책인데 며칠이 걸렸다.
나는 이 작가를 아주 몰래 따라 하고 싶어졌다.

English 900 1

Edwin T. Cornelius, Jr – YBM – 2017년 1월

김민식 피디님 책을 읽고 바로 그날 이 책을 샀다.

하루 한 챕터씩 외워봤지만 특출나게 영어적 뇌가 된 것 같은 기분이 들지는 않는다.

2017 5
5
금요일

어른이 되어 더 큰 혼란이 시작되었다

이다혜 – 현암사 – 2017년 4월

얼마 전에 어떤 세미나에 다녀온 일이 있었다.

페미니즘 관련 세미나였는데, 그 도마 위에 올려진 사람은 김승옥 작가였다.

페미니즘 이슈가 불거지면서 옛날부터 현재까지의 한국 남성 작가들에게 맹렬한 비판적 시각의 화살이 날아들고 있다. 나는 계속 의연하다가 김승옥에서 뜨끔했다.

왜냐하면 너무나 좋아하는 작가였기 때문이다.

그래서 그 세미나를 들으러 갔다.

「무진기행」을 중심으로 그의 소설의 기저에 깔려 있는 여성을 대상화하는 시선, 그리고 할 거 마음대로 다 한 다음에 맨 마지막에 무력하게 멋있게 후회하기만 하면 되는 편리한 남성의 태도 같은 것을 확인했다. 가슴이 아팠다.

"여성으로서 이 장르의 팬이 된다는 것은 '시련'이라고밖에 말할 수 없다"라고 이다혜 기자의 책에 쓰여 있다.

나 역시 그 세미나에 가서 김승옥을 사랑하는 독자의 한 사람으로서 '시련'을 겪었다.

그녀는 독자에게 당신이 이 책을 좋아했으면 좋겠다는 소망을 연거푸 드러낸다. 여기서의 당신은 아마 나처럼 책을 읽으며 시련을 한 번이라도 겪어본 적 있는 여성이거나, 혹은 책과 막 사랑에 빠져 앞으로 시련을 경험할 예정인 여성이겠지.

책을 사랑한다는 이유로 우리가 각오해야 할 시련들을 조금이라도 나누어 가져가려는 마음이 책 곳곳에 가득하다.

여군은 초콜릿을 좋아하지 않는다

피우진 – 삼인 – 2006년 11월

본인 스스로는 전혀 페미니스트가 아니라고 책의 서두에 밝혀놓으셨지만 본투비 페미니스트이신 것 같다. 약간 비현실적인 훌륭함이 느껴진다. 그러고 보면 이름부터 비현실적이긴 하다.

과장이 심한 옛날 위인전을 읽는 기분마저 든다. '넘사벽'이라는 은어에 혹시 주인공을 붙일 수 있다면 이분으로 하겠다.

2017 5
7
일요일

몬테로소의 분홍벽

에쿠니 가오리 글/아라이 료지 그림 – 김난주 옮김 – 예담 – 2017년 5월

아름다운 분홍 벽을 꿈에서 본 고양이가 그 벽을 찾아 여행을 떠나는 이야기이다.

정말 아름다운 분홍색이 책 속에 재현되어 있다.

반드시 가야 하는 곳에 가게 되는 일이,

반드시 만나야 하는 사람을 만나게 되는 일이,

그것이 해피엔딩으로 잘 느껴지지 않는다.

나는 좀 무섭고,

좀 피하고 싶기도 하다.

그 공포가 이 책에 있다.

흔한 자매

요안나 에스트렐라 – 민찬기 옮김 – 그림책공작소 – 2017년 5월

장강명 작가님의 소설 『댓글부대』를 연극으로 만든 연극 〈댓글부대〉를 보러 갔다. 연우소극장 바로 옆에 책방이 하나 있었다. 연극이 시작되기 전 20여 분 짬이 있어 책방을 둘러보았다. 주로 심리학과 마음에 집중되어 있는 큐레이팅.

거기서 이 책을 발견했다. 흔한 자매의 투닥임이 익살맞다.

나는 수현하고 여덟 살 터울이 났다.

수현을 엄마 아빠 몰래 때렸다.

비닐봉지로 때렸다. 나는 수현이 더 아팠으면 해서 비닐봉지 안에 작은 크레용 조각을 넣었다. 그러곤 봉지를 휘둘러 때렸다. 내가 아홉 살 때 그렇게 했다.

비닐 속 크레용에 머리통을 맞고 자지러지게 우는 수현을 엄마가 바라보자,

그냥 비닐봉지로 때린 거야, 아플 리가 없는데 얘 혼자 오바하는 거라고 억울하다는 듯 나는 말했다.

책을 읽는데 갑자기 그게 생각이 났다.

내가 수현을 때렸다는 사실 자체보다도

비닐봉지 안에 잘 안 보이게 크레용을 넣었다는 그 음흉함이,

크레용 하나로 어엿해진 잔인함이 얼마나 역겨웠는가.

그게 순간적이지만 가슴을 미어지게 했다.

휘청거릴 만큼 가슴이 미어졌다.

얼른 책을 덮고 다른 곳을 어슬렁거리다가 조금 진정이 되어서 다시 책을 집었다.

2017 5
9
화요일

아레나 5월호

아레나 편집부 – 서울문화사 – 2017년 4월

렌항Ren Hang이라는 사진작가의 사진을 우연히 본 적이 있다. 사람의 신체를 이렇게 강력하고 도발적으로 이용하다니 정말 대단하다고 생각했다. 그런데 그가 올해 2월 스물아홉의 나이로 죽었단다. 사인은 자살. 오래 우울증을 앓았다고도 한다.

'우울증을 앓다가 자살로 생을 마감한, 비운의, 아시아인, 게이, 작가'

이런 말 굉장히 위험하다는 거 알고 있다. 그러나 말해본다. 순간 나는 그가 그의 죽음으로 비로소 완벽해졌다고 느꼈다. 에이미 와인하우스처럼, 커트 코베인처럼, 요컨대 '마무리까지 성공적이다'라고 느껴버렸다. 징그럽다 나.

평양냉면

원재희 – 독립출판물

보자마자 평양냉면을 무척 좋아하는 허세과가 생각났다.

저자는 평양냉면을 정말 좋아하는 모양인지 쓰면서도 먹고 싶어 안달하는 문체를 구사했다.

평양냉면은 세 번 먹을 때까지는 맛있는 걸 모른다고 하던데,

나는 지금까지 족히 열 번은 먹은 것 같다.

그러나 역시 잘 모르겠다.

책에 등장한 평양냉면집을 다 순회하고 나면 또 달라질지도 모른다.

책은 다 읽고 세과에게 선물했다.

시민 쿠데타

엘리사 레위스/로맹 슬리틴 – 임상훈 옮김 – arte – 2017년 4월

아직 이루지 못한 꿈이 몇 개 있다.

그중 하나가 최소 1년간 세계 일주를 하는 것이다.

남자친구와 3년 안에 꼭 하자고 말해놓고 서로 열심히 돈을 모으고 있다. 고생길이 훤한 여정인데 돈 때문에 더 고생하고 싶지 않아 여유 있게 돈을 모아보려고 한다.

3년 후에 돈이 충분히 모이지 않거나 남자친구와 헤어지게 되면 이루어지지 못하는 꿈이긴 한데 아무튼 노력하고 있고, 예감이 좋다. 남자친구와도 잘 지내고 있고 쇼핑을 줄이며 차곡차곡 잔고를 열심히 쌓아가고 있다.

그리고 근사한 롤 모델도 막 생긴 참이다.

여기 근사한 세계 일주를 한 사람들이 있다.

기획자이자 에세이스트인 엘리사 레위스와 정치학과 교수이자 컨설턴트인 로맹 슬리틴이 그 주인공인데, 이들을 세계 일주 하게

한 질문은 다음과 같다.

> 사방이 막혀 있고 세상의 변화에 무감각해 보이는 현체제의 한가운데에서 혁신은 여전히 가능할까? 이 숨막히고 전망 없는 정치적 삶 앞에서 시민을 민주주의의 중심에 서게 할 수 있는 믿을 만한 대안이 과연 있을까?

이들은 2년에 걸쳐 프랑스, 아르헨티나, 튀니지, 아이슬란드, 브라질, 스페인 등지를 돌아다니며 일반 시민, 시민 활동가, 연구원, 해커, 지역의원, 국회의원 등 80명에 달하는 선구자들을 만나는 '민주 혁신의 세계 일주'를 했다. 그리고 그 결과로 『시민 쿠데타』라는 책이 나왔다. 이 책 속에는 엘리사 레위스와 로맹 슬리틴이 경험한 21세기 민주주의를 위한 새로운 실험들과 그 효과들이 다양하게 적혀 있다.

한국에서는 새로운 대통령이 막 탄생했다. 이 글을 쓰는 오늘은 취임 이틀째이다.

누군가가 박 전 대통령이 한 것보다 더 많은 소통을 지금의 대통령이 이틀 만에 하고 있다고 쓴 글을 읽었다. 나도 얼떨떨하다. 대통령은 하루 일과를 전체 공개했고, 미국, 중국, 일본의 대표들과 통화하며 국민의 목소리를 전달했다. 그러면서 점심시간에는 커피 한 잔을 손에 들고 산책하는 여유를 보였다. 자연스럽고 당연한 대통령의 이런 모습을 나는 지금 몇 년 만에 보고 있는 것인지.

왜 이런 나라에서 살아야 하는지 분통이 나서 견딜 수 없었던 때가 있었다.

그리고 이제 와 새삼스러운 나를 본다.

이제 와서 스스로가 새삼스러워진 사람들이 나뿐은 아닐 것이다.

우리는 우리도 모르게 그동안 많이 변했다.

『시민 쿠데타』라는 책도 아마 예전의 나라면 읽고 싶은 마음이 들지 않았을 것이다.

시민으로서 할 수 있는 정치활동이라고 한다면 선거날 놀러가지 않고 투표하는 것.

선거날 투표했다면 그걸로 내가 할 일은 다 했고 나머지는 정치인들이 알아서 잘해주겠지 하고 생각하던 나는, 시위하는 사람들을 보면 무슨 문제 때문인지 궁금해하기도 전에 눈부터 흘겼던 나는, 그 짧다면 짧고 길다면 긴 시간 동안 훌쩍 변했고 이 점에 대해서만큼은 박근혜 정부와 이명박 정부에게 감사하라면 할 수도 있겠는 마음이 드는 것이다.

새로운 정부에서는 '국민참여인사추천제'를 추진하여 국민의 의사를 더 적극적으로 반영할 수도 있게 하겠다는 기사를 오늘 읽었다(이런 기사를 정독하는 일도 옛날의 나에게는 일어날 수 없는 일이다). 어떤 방법으로든 국민의 참여를 도모하는 정치는 옳다. 반쪽만 옳다. 나머지 반쪽은 국민의 몫이다. 국민의 입장에서도 무관심과 좌시로 일관하는 대의민주주의의 한계를 이제는 답습하지 말아야 하겠다. 적극적으로 참여하고, 칭찬하고, 비판해야 할 것이다.

이 책 속에 등장하는 다양한 시도들은 그 참신함도 중요했지만 한결같이 국민들의 적극적 참여가 뒷받침되어 있었다.

이 책의 표지에는 다음과 같은 부제가 달려 있다.

'우리가 뽑은 대표는 왜 늘 우리를 배신하는가?'

새로운 우리의 대통령은 마치 우리의 애인 같다.

(실제로 '우리 이니'라고 부르는 사람이 많이 보인다.)

이번 연애, 서로 배신하는 일 없이, 반드시 해피엔딩이 되길 바란다.

WALK : HONG KONG

독립출판물 – 스토리지북앤필름

홍콩은 쇼핑을 위한 나라만은 아니라는 것을 알았다.
오래 걷고 싶은 거리가 촘촘히 찍힌 사진집.
내 사랑 주성치의 나라.
욘사마를 보러 한국에 오는 일본 아주머니들의 마음을
누구보다 이해한다.
2월에 가는 게 딱 좋다고 하던데 홍콩.
꼭 가고 싶어.

사이코패스는 일상의 그늘에 숨어 지낸다

이수정/김경옥 – 중앙M&B – 2016년 11월

인터뷰이로 함께 뵌 이수정 선생님께 선물받았다.

범죄심리학자라 그런지 선생님의 안경 너머 눈빛이 괜히 날카로워 보이고,

나의 구린 내면이 호수처럼 그녀에게 모조리 비춰질 것 같아,

불편한 마음으로 마주앉아 있었다.

사례집에 가까운 책을 읽으면서 기분이 차츰 우울하게 가라앉았다.

이런 책만 읽다보면 사람을 신뢰하기 힘들 것 같고 매사 의심하고 비판하는 버릇이 생길 것 같다.

그런데 그거 나에게 좀 요구되는 태도 아닌가.

감은 눈이 내 얼굴을

안태운 – 민음사 – 2016년 12월

시 하나하나가 영화 같았다.

음식으로 치자면 평양냉면처럼 슴슴하게 치명적인 그런 시들이었다.

2017 5 15
월요일

BIG ISSUE no. 156

빅이슈 코리아

고양이 중성화에 대한 짧은 정보 칼럼을 읽고.

옛날에 키우던 고양이에게 발정기가 와서 엄청나게 울어대며 괴로워하던 것을 나도 괴롭게 지켜보다가 결국 병원에 중성화수술을 하러 데려갔을 때 의사 앞에서 그랬다.

"아무래도 좀 잔인한 것 같아서 망설이다 왔는데 영 내키지가 않아요……"

그러자 의사가 나한테 그랬다.

"주기적으로 섹스하고 싶어지는 애를 집안에 계속 가둬둘 거면서 그게 더 잔인한 거 아닌가요? 애 발정기 올 때마다 집 앞에 풀어줄 거예요?"

나는 그 얘기를 듣고는 바로 1초의 망설임도 없이 "그럼 잘 부탁드립니다" 했더랬다.

지금 키우는 두 마리 고양이 또와 라이도 진즉 중성화는 완료

했다.

우리집 근처에는 그냥 자유롭게 풀어놓고 고양이를 키우는 곳이 몇 군데 있다. 보고 있으면 걔네가 제일 상팔자다 싶다. 뭐, 인생의 모든 즐거움이 섹스에만 있는 것도 아니고. 우리 또와 라이에게는 섹스 말고 더 많은 즐거움을 차근차근 선사해줄 테니까. 오래만 살아다오.

악스트 12호

악스트 편집부 – 은행나무 – 2017년 5월

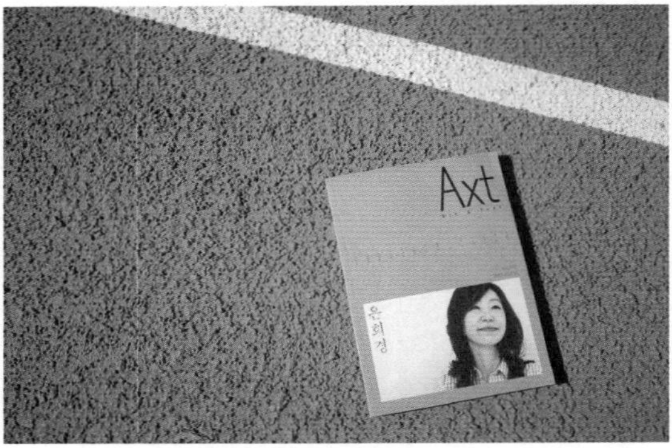

소중한 작가이자 언니인 은희경 작가님의 인터뷰.

최근에 읽은 어떤 글보다 위안이 되었다.

나는 내가 하고 있는 고군분투와 삽질에 대해 최대한 적극적으로 말하는 편인데,

이것이 타인에게 적잖은 위로가 될 수 있기 때문이다.

인터뷰에 이런 말이 등장한다.

나의 고독은 힘들지만 옆집 사람도 나처럼 고독할 거라는 생각만으로도 위안이 된다고.

정말정말 그렇다.

소설이 영 풀리지 않고, 이제 그만 쓸까 하는 생각을 버릇처럼 한다는 글 쓰는 은희경의 고독은,

역시 곡 하나 쓸 때마다 내가 어떻게 노래를 만들었더라 어리둥절할 뿐인 나의 고독을 그렇게 희석해주었다.

지금 잘 풀리지 않는다는 (그러나 결국 잘 풀릴 거라 믿는) 그의 다음 소설을 기다린다, 기다린다!

2017 5 17 수요일

현대시학 2017. 05

현대시학사 편집부 – 현대시학사 – 2017년 5월

최근 우리 시의 '세계감'을 진단한 특집이 좋았다. 영 어려웠던 백은선 시인의 시들이 많이 인용되었고, 해설과 함께 읽으니 조금 이해가 되었다(『가능세계』를 다시 한번 읽어보아야겠다고 생각했다). 우울한 진단이 지나자 바로 뒤이어서 시인들이 쓴 동시 코너가 있었다. 매운 음식 뒤에 나오는 물김치처럼.

하루의 설계도

로버트 헌터 – 맹슬기 옮김 – 에디시옹 장물랭 – 2017년 4월

『새내기 유령』의 작가 로버트 헌터만의 두번째 그림동화책.

나도 몰랐는데 영국 독립출판계의 아이돌이라고.

왜 슬프지.

이 책에서 그는 엉뚱한 세계 창조설을 제시한다.

'얼굴'들이 만들어낸 태양계.

그중에서도 지구의 '얼굴'은 태양을 열렬히 사랑한 나머지 결국 바다에 뛰어들어 밀물과 썰물을 만들어낸다. 우리가 보는 파도는 요컨대 '얼굴'이 만들어내는 구애의 흔적인 셈이다.

보그 2017. 5

보그 편집부 – 두산매거진 – 2017년 10월

인터뷰를 해서 잡지가 집으로 배달되었다.

비빔국수를 만들어 먹으며 보았다.

주제가 페미니즘이었다.

주목할 만한 여성 디자이너 10인에 대한 기사가 메인인 듯했다.

오늘은 어떤 남자애 둘이 인도에서 자전거를 타고 질주하면서 "비켜 시발 년아!"라고 외쳤다. 건물에서 나오던 나는 얼른 몸을 피했다. 그냥 평범한 하루다. 순간적으로 살의를 조용히 느끼면서 멀어져가는 자전거를 바라봐야 하는 하루. 난 여태껏 살면서 단 한 번도 여자들이 자전거를 타고 도로를 질주하면서 '비켜 시발 놈아!'라고 외치는 것을 본 일이 없다.

잡지 속에는 다행히도 멋진 여성들이 많다.

다른 페이지에서 페미니즘 포르노라는 장르가 있다는 것도 알았다.

우리 옆집에 영국 남자가 산다

팀 알퍼 글/이철원 그림 – 조은정/정지현 옮김 – 21세기북스 – 2017년 5월

외국인들이 한국이란 나라는 이렇다, 한국 사람들은 이렇다 일반론을 펼치는 책을 보면 참 대단하다는 생각이 든다. 얼마나 오래 살았고 또 깊이 알고 또 자신이 있으면 이렇게 일반화할 수 있지.

일반화하는 것을 싫어하는 편인 나도 어느 나라에서 아주 오래 살게 되면 이럴 수 있을까 싶다가도 아닐 거라고 돌아온다. 나는 한국인인데도 한국과 한국인을 일반화하지 못하는데 무슨. 여자이면서도 여성을 일반화하는 게 싫고 내가 겪은 것을 가지고 남성을 일반화하기도 싫다.

그러나 대중가요를 만들려면 어느 정도의 일반화 능력이 필요한 것 같다는 생각도 든다.

2017 5 21
일요일

대통령의 말하기

윤태영 – 위즈덤하우스 – 2016년 8월

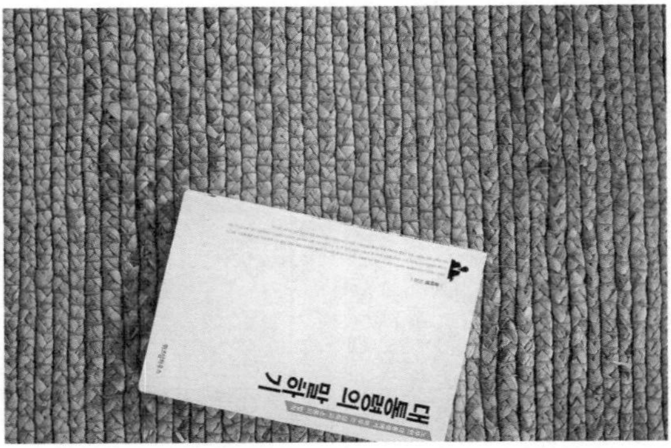

고 노무현 대통령의 화법을 좋아했다.

어딘지 '앗쌀'한 데가 있어서였다.

이 책은 그의 화법을 다양하게 분석하여 말하기 기술을 증진시키는 데 도움을 주는 책이다.

노대통령 화법의 장점만 기술한 게 아니라 단점도 가감 없이 적어놓아서 최대한 객관적인 태도를 유지하려 노력했다는 것이 느껴졌다. 그런데 다 읽고 나면 말하기 팁을 얻었다는 생각보다도 그리움이 좀 커지는 것이 문제라면 문제일 수도 있다.

나는 아직 친구가 없어요

나카가오 마나부 – 김현화 옮김 – 바다출판사 – 2017년 5월

만화가가 되기 위해 도쿄로 상경한 작가는 쉬는 날마다 만날 사람이 없어 독수공방을 하다가 친구를 만들어보기로 작정하면서 이런저런 다양한 시도를 한다.

비극도 슬픔도 얼마든지 밝고 희극적으로 바뀌는 세계.

내가 참 좋아하는 세계.

다 읽고 나서 나도 나의 친구를 세어보았다.

딱히 세어볼 필요도 없었지만.

2017 5

23

화요일

내술손마

원성희

얘는 원래 내 팬이다가, 어찌저찌 어정쩡한 친구가 됐다가,

내 책방에서 몇 개월 아르바이트를 했고,

연락 없다가도 귀여운 주성치 굿즈 발견하면 나한테 하나씩 사주고,

나한테 의미는 있지만 여전히 어정쩡한 채로, 그렇게 늘 근처에 있는 그런 애다.

얘는 엄청 쑥맥이고 엄청 착하고 엄청 순수하고 엄청 골초이고

그리고 엄청 술을 좋아해서

돈만 생기면 술을 먹거나 위댄스 덕질을 한다.

걱정이 될 정도로 매일 술을 마시는 원성희는 이상한 노트를 한 권 들고 다니기도 한다.

그게 뭐냐고 묻자 자기 술 일기란다.

그러더니 얼마 전에 지 술 먹고 꽐라된 사진들이랑, 술 취해서 나

눈 카톡질이랑,

술 취해서 한심한 글 써놓은 것을 모아서 책을 만들었다.

얘는 진짜 미친놈이다.

지능의 탄생

이대열 – 바다출판사 – 2017년 4월

뇌에 관한 책은 대체로 다 재미있다고 생각했는데, 그 재미라는 것도 읽는 사람의 수준에 맞아야 느낄 수 있다는 것을 이 책을 읽으면서 알았다. 대중에게 눈높이를 맞춘다고 열심히 쉽게 쓰신 티가 역력한데도 나는 도저히 이해하지 못하는 부분이 아주 많았다.

이대열 교수님은 '생명체'에게만 지능이 존재한다고 본다.

따라서 이 땅에 생물체가 도래하면서부터 '지능'도 따라서 함께 도래한 셈이 된다.

막연한 생활언어로서 지능이라는 말을 소비해오다가 새삼스럽게 '지능'을 다시 정의하고 살펴보려니 낯설고 더 어렵게 느껴지기도 한 것 같고 그렇다.

가장 기억에 남는 부분은 기계의 자가복제에 대한 이야기를 하면서 언급되었는데,

진화는 보통 실수에서 비롯된다는 것이다.

우연한 실수에서 더 나은 진화가 가능해진다는 말.
성공은 실패의 어머니라는 말의 신선한 버전이었다.

2017 5 25 목요일

카모메 식당

무레 요코 – 권남희 옮김 – 푸른숲 – 2011년 2월

재채기하듯 '사는 거 지긋지긋해!' 내뱉어버리면 신기하게도 그 순간 어느 정도 살 만한 기분이 드는 때가 있다. 그러다가, 그렇게 잠도 들고 밥도 먹다가, 어떤 날에, 아무 말도 입 밖으로 나오지 않고 다만 아무 곳이라도 가지 않으면 안 되겠는 마음으로 묵묵히 여행 가방을 꾸리는 자신을 발견한다. 우리를 그렇게 만드는 것은, 대부분 사람이다.

사람에 지친 사람들이 모여 다시 사람으로 치유받는 모순의 파라다이스가 핀란드에 있다. 온 마음을 담은 오니기리를 끊임없이 손님들에게 권하며 온기를 나누는 일에 당최 포기를 모르는 식당이 있다. 언젠가 운좋게 그 식당을 찾고 싶다.

맛있는 커피보다, 달콤한 빵보다 그곳에서 더 소중하게 빛나고

있는, 그 공간을 그윽이 채우고 있는 세 여성의 연대를 확인하며 일본어로 말을 걸고 싶다.

2017 5 26 금요일

오직 두 사람

김영하 – 문학동네 – 2017년 5월

모두 다 메인 요리구나.
인기 연예인이구나. 팔방미인이구나.

쇼코의 미소

최은영 – 문학동네 – 2016년 7월

내가 자주 가는 상수동의 커피발전소에서 이 책을 읽었다.
첫번째 단편 「쇼코의 미소」를 읽고 나서 더 읽는 것을 그만두었다.
이렇게 한 번에 끝까지 후루룩 읽기 싫은 마음이 들었다.
그때부터 커피발전소에 들를 때마다 단편을 하나씩 꼼꼼히 읽고 그뒤에 나의 일을 했다.

2017 5 28
일요일

어느 날 문득 어른이 되었습니다

마스다 미리 – 권남희 옮김 – 이봄 – 2014년 3월

한 시인과 커피를 마실 때 들은 말이다.

"에세이는 그냥 한 번 읽고 잊어버리는 거예요."

그리고 한 사회학자의 수업을 들을 때 거기서 들은 말이다.

"어쩌면 에세이란 자기가 읽히고 난 뒤 잊혀지기를 바라고 있을지도 모른다."

두 사람의 말이 떠오르는 책이다.

아무 욕심도 교훈도 멋도 없이,

그냥 한 번 읽히고 잊혀지고 싶다는 듯이.

그냥 그렇게 있는 책.

보스토크 매거진 3호

보스토크 프레스 편집부 – 보스토크프레스 – 2017년 5월

예를 들어서 하고 싶은 말이 있는데 적확한 표현이 떠오르지 않을 때 느끼는 답답증.

사진을 볼 때도 그런 비슷한 답답증이 있다.

분명히 내가 느낀 무언가가 있고, 그러나 그것을 말할 수 없고.

나는 사진에 대해서 내가 느낀 바를 타인에게 설명하기 위해서, 그뿐만 아니라 내가 나를 납득시키기 위해 내가 할 표현이 필요하다. 문자가 필요하다.

사피어워프의 가설.

문자가 내 모든 지각을 지배하는 것 같다.

문자가 내 눈 자체이며 내 입이고 귀인 것 같다.

2017 5 30

화요일

어차피 내 마음입니다

서늘한여름밤 – 예담 – 2017년 5월

책이 나오기도 전에 이분의 웹툰은 여기저기서 눈에 많이 띄었다.

마음의 자잘한 결을 어쩌면 이렇게 잘 포착하는지. 참 대단하다고 생각했다.

또한 한 사람의 영향이 얼마나 지대한지도 이 책을 보면서 많이 느꼈다.

서밤님은 지금의 남편을 만나면서 내내 불만족스러웠던 자기 자신과 마침내 극적 화해를 하는데,

나도 실제로 종수를 만나면서 그랬다.

무조건적이고 헌신적인 애정이 사람을 어떻게 변화시키는지 나는 일단 나를 보면서 알았다.

불쑥불쑥 이기심과 못된 성질이 드러나는 나와는 다르게 4년이 지난 지금도 종수는 한결같다.

심심하면 “나 사랑해?” 하고 묻는 나에게 언제나 진심을 다해 ‘그렇다’고 대답해준다.

그리고 그것을 행동으로 묵묵히 증거한다.

위대함이라는 것에도 정도가 있다면 나는 절대 종수를 이기지 못할 것 같다.

이 책도 그 위대한 사랑에 대한 감사, 그리고 찬사의 결과물 같다는 생각이 들고.

동사의 맛

김정선 – 유유 – 2015년 4월

비슷한 듯 다른 두개의 동사를 묶어 차이점과 쓰임새를 알기 쉽게 나열한 책이다.

문자가 나의 지각을 지배한다고 느끼고 있어서 그런지

낯선 단어 하나하나가 무슨 게임 아이템처럼 보였다. 저게 내 것이 되면 난 여태껏 알지 못했던 것을 알게 되고 보지 못했던 것을 보게 될 텐데, 라는 생각. 얼른 다가가서 저 아이템을 먹자. 얼른 달려가서 저 아이템에 내 몸을 던지자.

June

이게 다예요

마르그리트 뒤라스 – 고종석 옮김 – 문학동네 – 1996년 3월

뒤라스의 마지막 작품.

여러 작품이 존재할 때 가장 최신작부터 읽기를 좋아하는 나는 늘 그렇듯 가장 최신의 것에 손을 뻗었고 지금 막 다 읽었는데, 이 책은 뒤라스의 다른 작품을 읽고 난 다음, 맨 마지막에 읽으면 좋았을 걸 그랬다.

자꾸 오라고 말하는 뒤라스.

이게 다라고 말하는 뒤라스.

생의 끄트막에 가면 나는 무슨 말을 반복적으로 하게 될까.

(지금 나는 지긋지긋하다는 말을 가장 많이 사용한다.)

내가 갑자기 죽게 되지 않는다는 전제하에, 기대하겠다.

살아요

케리 이건 – 이나경 옮김 – 부키 – 2017년 6월

추천사 부탁을 받았다.

'사목사'라는 직업을 가지고 있는 캐리는 죽어가는 사람들의 시간에 조용히 동참한다.

동시에 별로 드러내고 싶지 않은 캐리 자신의 상처에 대해서도 조용히 고백한다.

덩달아 읽는 사람도 조용히 숨을 죽이게 된다.

전반적으로 조용한 책이다.

차분하게, 담담하게 죽음을 말하며 읽는 사람에게는 죽음의 반대편에 대해 생각하게 한다.

죽음에 대해 생각하는 빈도에도 평균치라는 것이 있다면,

내가 죽음에 대해 떠올리는 빈도는 그 평균을 훨씬 넘는 수준일 것이다.

나는 거의 매일 죽음에 대해 생각한다.

이 책을 읽고, 나는 그동안 늘 생각을 하다가 중간에 그만두었다는 걸 알았다.

끝까지 생각할 엄두를 못 냈었기 때문에.

서울 문학 기행

방민호 – arte – 2017년 6월

네이버로 서울 지도를 검색해서 조감해보았다. 휘휘 마우스를 움직여가며 서울의 여기저기를 보고 있으니 예전에 재미 삼아 이런 이야기를 했던 것이 기억난다.

홍대 인근이나 이태원, 광화문, 강남역처럼 언제나 비슷비슷한 곳에서 만나는 것이 조금 지겨운 서울 사람들끼리 이제는 서울의 생경한 동네에서 만나는 친목 모임을 하나 만드는 것이다. 예를 들면 암사동, 장위동, 방학동…… 모임 이름은 〈서울친목〉.

모름지기 서울 사람이라면 서울의 모든 동의 호프집에 한 번쯤은 가봐야 되지 않겠나라는 근사한 정신으로 시작한 이 모임은 결국 멤버가 나 혼자라는 사소한 문제 때문에 만들어지는 데 실패했다.

서울은 내게 늘 미지하다. 서울은 작고 나 역시 서울에서 태어나 자란 서울 토박이이지만 내가 모르는 서울은 언제나 크다고 생각해왔다. 도대체 개성이라고는 없는 못마땅한 수도가 아닌가 생각하다가도 버스 안에서 서울의 거리를 바라보고 있으면 어느새 연민인지 정인지 알 수 없는 따뜻한 마음이 모락모락한다.

서울대학교 국문과 교수이자 문학평론가로 활동하고 계시고 고등 문학 교과서의 책임 저자이기도 한 방민호 작가님께서 집필하신 『서울 문학 기행』을 읽었다.

서울과 연을 맺고 있는 한국의 소중한 열 명의 작가의 생애와 작품 세계에 대해서 놀라울 만한 집념과 다정을 품고 쓰신 책이다. 그 열 명의 작가는 다음과 같다. 이상, 윤동주, 이광수, 박태원, 임화, 박인환, 김수영, 손창섭, 이호철, 박완서.

이 책을 읽으며 느낀 바가 두서없이 많았다. 그래서 소감도 그렇게 두서없는 식으로 적어본다.

1) 명동 미쓰코시 백화점과 이상의 『날개』 엔딩

주인공의 자살의 암시라고 알고 있었던 『날개』의 엔딩을 이 책에서 다시 배웠다. 날자, 날자, 날아보자꾸나라는 것은 미쓰코시 백화점 옥상에서 뛰어내리는 자의 외침이 아니며 생의 허무를 '예술'로써 극복하고자 하는 이상의 의지의 표현이라고 이야기한다. 생의 허무를 극복할 수 있는 것이라면 그게 무엇이든 '예술'이 될 수 있지 않을까라는 지나친 낙관이 들기도 하였다.

2) 소공동과 윤동주의 순수

윤동주의 순수는 젊음에서 저절로 온 것이 아니라 끊임없는 자기 성찰과 노력으로써 얻어진 것이라는 부분도 인상 깊었다. 윤동주의 시에서 느껴지던 끊임없는 반성과 다짐. 그의 시는 그의 성찰의 과정과 다름아닐 것만 같다.

3) 이광수의 나쁜 소문에 대하여

이광수, 하면 자연스럽게 따라붙는 변절자, 친일파 작가라는 오명에 대해 이 책은 적극적으로 인간 이광수의 삶으로 호소한다. '역사적으로 보면 이광수의 변절과 대일 협력 행위는 책임을 물어야 합니다. 그러나 한 인간이자 문학가로서 살아간 이광수의 처절한 삶은 우리의 이해와 동정을 구할 수 있다고 생각합니다.' 이광수는 이 책 속에서 아주 든든하게 두둔 받는다.

4) 구보가 살았던 경성에 대하여

〈소설가 구보씨의 일일〉이라는 연극을 보고 난 후 나는 경성에 빠져 겪지도 않은 시절에 대한 향수병에 시달려야 했다. 가끔 어떤 감상이 지나치게 커진 나머지 객관성을 잃어버릴 때가 많은데 이 글을 읽고 이 소설이 소기한 목적을 내게 가까스로 환기시킬 수 있었다.

5) 박인환의 명동에 대하여

인제에 위치한 박인환 문학관에 가본 일이 있다. 해방 전 박인환이 직접 운영했던 마리서사와 명동의 동방싸롱, 〈세월이 가면〉을 작사했던 선술집이 귀엽게 재현되어 있었다. 그때 미처 알지 못했던(재현된 건물들에 그저 정신이 팔려) 박인환 시의 재평가의 필요성에 대해 이 책을 통해 비로소 알게 되었다.

6) 김수영에게 먹었던 괜한 겁에 대하여

네이버 길찾기에 따르면 부모님 댁에서 20여 분 거리에 김수영 문학관이 있다는 것을 책을 통해 알았다. 나는 괜히 김수영의 시가 좀 무섭게 느껴지곤 했다. 문학관에 다녀오면 내가 김수영에게 먹은 겁이 좀 옅어질 수도 있겠다. 바로 옆 둘리의 고장 강북구에 전혀 밀리지 않는 영웅이 갑자기 생겼다. 도봉구에는 김수영이 있다.

7) 손창섭과 부채감

책방에서 팔고 있는 책 중에 『내가 만난 손창섭』이라는 책이 있다. 책방에서 팔고 있는 책들은 다 내가 읽었거나 혹은 읽을 예정에 있는 책들인데 이 책은 후자의 책이다. 『서울 문학 기행』 속 손창섭의 일생에 대해 읽으며 『내가 만난 손창섭』이라는 책이 계속 눈에 밟혔다. 이 불편한 채무 관계를 얼른 소멸시켜야 한다. 덧붙여 이 챕터는 방작가님의 다정한 집념이 가장 빛났던 곳이기도 하다.

판도라 사진 프로젝트

막달레나공동체 용감한여성연구소 – 봄날의박씨 – 2016년 7월

예전에 어떤 여성단체로부터 공연 의뢰를 받은 적이 있었다.

그 행사는 성매매를 근절하기 위한 취지로 만들어진 것이었는데, 성매매에 대한 나의 스탠스에 대해 그때 아주 깊이 고민했다가 결론을 내지 못하고 결국 공연도 하지 않았다.

그리고 몇 년이 지나 익숙한 혼란을 다시 느끼며 이 책을 읽었다.

용산 성매매 집결지에 사는 여성들의 사진과 이야기.

독서하는 데 '입장'이라는 것이 이렇게 중요했던 것일까 새삼 놀랐다. 한 장 한 장 넘길 때마다 내가 이들의 이야기를 과연 어떻게 받아들여야 할지 고민했다. 그들을 이해하는 일도 가능할 것 같았고 이해하지 못하는 일도 가능할 것 같았다. 나는 지금 당장 선택해야 할 것 같은 기분에 사로잡혔다. 독서도 치열한 하나의 정치였다.

그러나 경솔한 입장은 어리석은 편견밖에 안 될 것이었다.

나는 최대한 아무것도 모르는 얼굴로 이야기와 사진을 좇았다.

책읽기를 마무리하며 분명히 알 수 있었던 것은 이것도 여성으로 사는 삶의 현장의 정정당당한 일부라는 사실이었다.

좀더 많은 책을 읽어보면서 자연스럽게 나는 어떤 입장에 서게 될 것이다.

그것을 기다려보기로 했다.

2017 6
5
월요일

신도림 신데렐라

장강명 – 쪽프레스

쪽프레스로 나온 장작가님의 아주 짧은 소설.
절취선을 따라 투두두 소리를 내며 종이를 찢으면 그 안에 세 번 접힌 짧은 글이 들어 있다.

지하철 인파 때문에 신이 하나 벗어진 채로 전철역에 갇힌 아내를 위해 신을 들고 달려가는 남편의 모습에서 아내는 왕자를 보는 게 아니라 엄마를 본다.
왕자로 보이지 않아도 사랑은 얼마든지 가능하다.
나도 종수가 엄마처럼 느껴질 때가 있다. 왕자나 아빠가 아니라.

강릉 하슬라 블라디보스토크

유진목 – 문학과지성 – 2015년 3월

예술가가 취할 수 있는 가장 값비싼 보석의 이름은 '연애'라고 생각한다.

그래서 내 눈에 유진목 시인은 아주 부자로 보인다.

내게도 한때 그 보석이 잠깐 있었던 기억이 난다.

가만한 당신

최윤필 – 마음산책 – 2016년 6월

정중하고 정직하고 가만한 부고집.

삶은 죽음과 맞닿아 있다고들 얘기하지만 이 책을 읽으면 삶과 죽음이라는 것이 부분 접촉이 아니라 녹아서 스며드는 느낌의 연결로 다가온다. 한 존재의 생이 다른 생들로 스며들고 그 생은 또다른 생으로 이어지면서 끊어짐 없이 그라데이션되는 세계.

한 시인이 매일 아침에 일어나서 한 챕터씩 읽는 식으로 이 책을 읽겠다고 쓴 것을 읽었다.

그보다 더 완벽할 수 없는 독법이라는 생각이 들었다.

2017 6
8
목요일

원래 그렇게 말이 없어요?

유재필 – 디자인이음 – 2017년 7월

내 책방의 스테디셀러 중 하나이다.
읽어야지, 읽어봐야지 챙겨놓고서 차일피일하다가
이제야 읽어본다.
필력이 있어 재미있게 시작했는데
하나둘 나와는 좀 맞지 않는 태도들 때문에
독서가 약간 방해되는 기분이었다.

한국이 싫어서

장강명 – 민음사 – 2015년 5월

어느 공연장에서 공연을 앞두고 있었다.

리허설을 하는 중 처음 보는 중년의 남성과 여성이 난데없이 무대로 올라와 왔다갔다했다. 드럼을 치는 성준이가 무슨 일이냐고 물었더니 알 거 없으니 하던 리허설을 계속하란다. 불쾌한 태도였다. 알고 보니 내가 공연하기 전 오프닝 무대를 하기로 한 사람들이었다. 지역 아마추어 브라스 밴드 같았다.

우리는 모두 불쾌했지만 내색 없이 리허설을 마쳤다. 그러곤 대기실로 들어왔고, 5분도 안 되어 바깥에서는 고성이 오가기 시작했다.

아까 그 중년 남성의 목소리라는 것을 알 수 있었다.

평소에도 화난 목소리, 큰 소리에 아주 예민하게 반응하는 나는 계속 신경이 쓰이고 안절부절못했다. 대체 무슨 일이 있기에 바깥에서 저토록 소리를 높여 싸우고 있는 것일까.

한창 시끄러운 소리로 다투던 중년 남성은 평온한 얼굴로 대기실로 들어왔다.

무슨 일이냐는 그 일행들의 질문에 역시 평온한 얼굴로 이렇게 대답하는 것을 들었다.

"이렇게 큰 소리를 내야 우리가 해달라는 대로 해준다."

밴드는 아마추어였지만 그렇게 말하는 그의 얼굴은 정말 프로 같았다.

그날 공연을 하면서 〈늙음〉이라는 노래를 불렀다.

늙기 싫어서 만든 노래라고 말했다.

나이가 들며 피부의 탄력이 떨어지는 게, 가슴이나 엉덩이가 처지는 게 싫다고 말했다.

그러나 지금은 내면의 늙음이 더 무섭다고 말했다.

작년에 나는 이상한 사람들의 정권 아래에서 어떤 사람들을 보면서 '난 저렇게 늙지 말아야지'라는 생각을 무척 많이 했는데, 나중에 내가 늙어서 누군가가 나를 보면서 '난 저렇게 늙지 말아야지'라는 생각을 할까봐 두렵다고 말했다.

그리고 나는 오늘도 '난 저렇게 늙지 말아야지'라는 생각을 누군가를 보며 했다고 말했다.

2017 6
10
토요일

대리사회

김민섭 – 와이즈베리 – 2016년 11월

이 책을 다 읽고 나면 바로 대리기사를 알아볼 수 있다. 나도 종로에서 버스를 기다리다가 대리기사를 알아보았다.

몸의 일부처럼 핸드폰을 한 손에 쥐고 편한 복장으로 어딘가를 향해 빠르게 걷고 있는 아저씨였다. 당신은 대리기사냐고 직접 물어보지 않았지만,

거의 확실하다고 생각할 만큼 자신이 있었다.

김민섭 작가님은 정말 대단한 사람이다.

지방대 시간강사를 하면서 밤에 맥도날드에서 일한 것도 그렇고, 낮에 글을 쓰면서 밤에 대리기사를 하는 것도 그렇다.

남들보다 몇 배 강한 체력을 타고난 걸까?

누구보다 독한 마음을 먹을 줄 아는 사람인가?

한 가정의 가장이 되면 자연스레 그렇게 되는 걸까?

잘 모르겠다. 아주 순하고 연한 인상인데,
실상이 너무 독해서 깜짝 놀랐다.

책 속에 이런 구절이 있다.

"저한테 왜 이리 잘해주십니까?"

하고 물었더니 그는 "저는 당신이 잘되면 좋겠습니다. 그뿐이에요" 하고 답했다.

책을 다 읽고 나니 정말로 그런 마음이 되었다.

김민섭 작가님이 잘됐으면 좋겠다.

쫌 이상한 사람들

미겔 탕코 – 정혜경 옮김 – 문학동네어린이 – 2017년 2월

원제를 찾아보았다.

Les farfelus.

검색해보니 머리가 약간 돈, 이상한, 기발한, 별난 같은 뜻을 가지고 있었다.

책 속에는 이런 사람들이 등장한다:

작은 것도 소중해하는 사람

자기편이 져도 즐거워하는 사람

나무에게 고마워할 줄 알고

아무때고 춤이 추고 싶으면 춤을 추는 사람

쫌 이상한 사람들이란다.

이상하지 않은 사람들은 책에 나오지 않았다.

그렇다면 이상하지 않은 사람들은 그 어디에도 나오지 않았으면 한다.

2017 6 12 월요일

엄마는 해녀입니다

고희영 글/에바 알머슨 그림 – 난다 – 2017년 6월

할머니에서 어머니로 또 그 딸로, 해녀의 삶이 부드럽게 스며드는 그림동화책.

"오늘 하루도 욕심부리지 말고 딱 너의 숨만큼만 있다 오거라"라는 마지막 문장은 진짜 내 안구에 판박이로 붙여놓고 내가 어디를 봐도 내 시야에 겹쳐 보이는 문장으로 해놓고 싶다.

앞으로의 책방

기타다 히로미쓰 – 문희언 옮김 – 여름의숲 – 2017년 4월

제주로 옮기는 나의 책방에 대한 고민이 많다.

다 쓰러져가는 구멍가게를 임대했기 때문에 인테리어와 수리 보수에 대한 문제도 중요하다. 그러나 어떤 책을 들여놓을 것인가에 대한 고민이 훨씬 크다.

오다가다 들르는 일은 거의 없는 위치에 자리잡고 있고, 제주라는 섬의 특성상 일부러 찾아주는 관광객의 경우가 대부분일 것이다. 그런 경우 어떤 책이 놓여 있어야 할까.

서울국제도서전 홍보 모델로서 개막식에 참여하니 김홍민 북스피어 대표님께서 이 책을 추천해주셨다. 읽으면 이런저런 아이디어가 샘솟을 거라고.

정말 그랬다. 긴급 동원된 불쏘시개로 죽어가던 불이 다시 살았다. 더 생각해보자. 끊임없이 생각해보자.

좋은 책방이 되고 싶다.

7층

오사 게렌발 – 강희진 옮김 – 우리나비 – 2014년 11월

친구들과 나는 어느 인기 있는 떡볶이집 앞에 줄을 서 있었다.

한 시간이나 서 있어야 했지만 꼭 먹고 싶었다. 핸드폰을 보기도 지쳐 오늘 산 책들을 읽어보기 시작했다. 고통스럽게 이 책을 끝까지 읽었다. 그러면서도 사람들이 많이 읽었으면 좋겠다고 마음을 모았다.

서점을 둘러싼 희망

문희언 – 여름의숲 – 2017년 4월

기타다 히로미스의 『앞으로의 책방』을 출간하면서 함께 만든 책이라는 것을 책을 사고 나서 알았다.

『앞으로의 책방』은 국제도서전 때 추천받아 구입하고 정말 달게 읽었던 책이었다.

이 책 역시 한국의 몇 군데 책방을 탐방하며 함께 책방의 미래를 고민한다.

그중에 기억에 남는 것은 책방 주인들이 한결같이 부정적인 이야기들만 하는 것이 불만이라는 '탐구생활'의 대표 모소영씨의 말이다.

나 역시 주변의 몇몇 책방주인들과 스토리지 북 앤 필름에서 '마이 리틀 북 스토어'라는 워크숍을 진행하고 있다. 책방을 하고 싶어하는 사람들에게 알아두면 유용한 실질적인 노하우들을 배울 수 있게 하자는 취지에서 만든 워크숍인데, 여기서도 다들 부정적인 이야기를 많이 한다. 나도 예외 없이 그렇다. 어쩔 수 없는 것을 어떻게 해. 그게 사실이고 현실이다!

그러나 나는 적어도 슬프게 맺지는 않는다.

어쨌든 하고 싶다면 해야 하고, 그리고 막말로 책방이 많아지는 게 나쁜 일도 아니고.

나도 이 책을 읽으며 한숨 몇 번 쉬었지만, 그래도 할 수 있는 데까지 최선을 다할 것이다.

어딘가에 부정이 있는 딱 그만큼, 긍정도 있어야 한다.

나는 긍정적인 사람이며 내 가장 친한 친구는 부정적인 모든 것이다.

유에서 유

오은 – 문학과지성사 – 2016년 8월

술을 마시고 노는 오은과 시를 쓰고 노는 오은이 있어,
나는 두 사람을 알고 있는 이득이 있다고 생각한다.
언젠가 오은의 시 낭독회에 갔다가 집에 돌아오는 길에
나도 이렇게 좋은 시를 쓰고 싶다 시를 쓰고 싶다 시를 쓰고 싶다,
같은 말을 반복하였는데
문득 시를 쓰고 싶다 고민하며 사는 삶이
얼마나 아름답겠는지를 깨닫고
기분이 활짝 좋아졌던 기억이 난다.
시를 한 편도 쓰지 못한다고 해도,
시를 쓰고 싶다는 생각을 하면서 사는 삶은 정말 좋을 것이다.

2017 6 17 토요일

제시의 일기

양우조 외 – 김현주 정리 옮김 – 혜윰 – 1999년 5월

상하이 임시정부를 중심으로 활동하던 독립운동가 부부가 제시라는 딸을 낳아 키우며 번갈아 적은 일기이다. 평온한 가운데에서도 힘든 일이 아이를 키우는 일일 텐데 피란중의 육아란 그 고통의 정도가 어떨까. 하루 앞을 장담할 수 없는 목숨을 두고 오늘도 살았다 오늘도 죽지 않았다 담담하게 기록하는 필체가 더욱 절절하다. 절판이 된 이 책의 운명이 유난히 가슴 아프다.

제시 이야기

박건웅 – 우리나비 – 2016년 10월

『제시의 일기』를 토대로 박건웅 작가님이 완성한 그래픽노블이다. 제시의 이야기가 이렇게 생명을 얻어 세상 속에서 숨을 다시 쉬고 있음이 감사하다. 그림으로 읽는 제시의 일기는 마치 솜사탕이다. 순식간적인 전달의 힘이 강력하다(같은 내용을 두번째 반복해서 그런 것일 수도 있겠다). 이런 역사를 겪고 내가 태어나 오늘도 살아 있다. 아까부터 한숨을 여러 번 쉰다. 한 번은 미안해서, 한 번은 감사해서, 한 번은 뭔가…… 모르겠어서.

덜 소비하고 더 존재하라

강남순 외 – 시금치 – 2016년 6월

15명의 다양한 직업을 갖고 있는 필자가 각자의 터에서 실천하는 대안적 삶을 증명한다. 자연스럽게 내가 살고 있는 터를, 나의 반경을 다시 더듬어보게 된다.

제주와 서울을 오가는 30대 후반의 미혼 여성으로서, 뮤지션으로서, 책방 주인으로서,

나는 어떤 방법으로 내 삶을 바람직하게 이끌어나갈 수 있을까. 『인간 실격』의 첫 문장이 "부끄럼 많은 생을 살았습니다"였던가. 갑자기 이 문장이 떠오른다.

'부끄럽지만 부끄럽지 않은 삶'을 살아내고 싶다.

얼마간의 불편함을 적응하고 이제는 텀블러를 들고 다니는 것이 익숙해졌다. 종종 텀블러 안의 커피가 새는 일이 생긴다. 이 책에도 그 때문에 생긴 얼룩이 있다.

요컨대 '부끄럽지만 부끄럽지 않은 삶'이란 약간 이런 느낌이다.

2017 6 20 화요일

연애놀이

정유미 – 컬쳐플랫폼 – 2017년 1월

참다 참다 뭐가 확 터져서 진짜 리터럴리 눈물 흘리면서 이 글을 쓴다.

진짜 나는 이종수가 내가 이거 해, 저거 해 시키지 않아도 알아서 해줬으면 좋겠다.

아침마다 청소기 돌리고 빨래통 채워지면 세탁기 돌리는 게 다인 줄 아는 것 같다.

세탁기에 낀 물때를, 수염 깎고 나면 세면대에 떨어진 수염 가루들을, 설거지만 하면 되는 게 아니라 배수관 안에 시커멓게 곰팡이가 끼는 것까지를 볼 줄 알았으면 한다.

한 번씩 마트에 가서 음식을 대용량으로 사면 오래 먹을 수 있게 소분해놓으라고 말해도 제주에 내려와보면 덩그라니 고대로 냉장고 안에 들어가 있고.

오늘도 토스트로 아침 먹고 샤워하면서 세탁기 돌리고 냉장고

비워서 남은 채소랑 김치 찌꺼기 몰아넣고 된장찌개 한 솥을 끓여 한 끼니씩 나눠 담아 냉동실에 넣어놓고 젓갈 다 먹은 통을 버리지도 않고 방치해놔서 곰팡이 슬어 있는 거 싹 다 정리하고 온갖 곳에 묻어 있는 고양이 털과 먼지 닦아내고……

그러다 내가 써야 할 원고와 내가 읽어야 할 책이 떠오르면서 눈물이 콱 솟았다. 왜 이런 것들이 보이지 않는 건지. 왜 내 눈에만 보이는 건지. 왜 종수한테 이거 치워라, 저거 치워라 잔소리를 하게 만드는지.

먼지 청소할 때 썼던 마스크를 벗지도 않은 채로 눈물을 줄줄 흘리며 이 글을 쓴다.

아까부터 빨리 서울 가고 싶다는 생각뿐이다.

보스턴 결혼

에스더 D. 로스블럼/캐슬린 A. 브레호니 – 알알 옮김 – 이매진 – 2012년 6월

책이 무척 읽히지 않는다.

알고 있고, 경험도 했고, 짐작하고 있지만 설명하지 못했던 관계 하나가 명료해져서 갑자기 막혔던 사고의 물고 하나가 터진 것일까.

단어 단어가 불러오는 장면들이 너무 많아서 책 읽으면서 딴생각을 허리케인처럼 한다. 한 페이지 한 페이지 넘어가는 게 쉽지 않네.

그냥 좋게 받아들이세요

마리아 스토이안 – 강희진 옮김 – 북레시피 – 2017년 2월

『악어 프로젝트』와 비슷한 느낌의 그래픽노블.

『악어 프로젝트』에서는 가해자를 악어의 형상으로 표현한 반면, 이 책에서는 같은 인간으로 등장한다. 매 에피소드마다 다른 기법으로 그림을 그려서 매번 새로운 마음으로 집중이 되는 것이 좋았다. 『악어 프로젝트』에서는 가해자가 대부분 남성인 반면, 이 책에서는 남성을 향한 여성의 폭력이랄지, 게이 남성이 또다른 게이 남성에게 행하는 폭력도 등장하는 등 좀더 포괄적인 폭력의 개념을 인지할 수 있게 한다는 점도 또다른 장점이다.

한편 책의 말미에 나오는 이런저런 정보들(위급시 도움을 청할 수 있는 기관)은 『악어 프로젝트』 쪽이 더 자세하고 다양하다.

2017 6
23
금요일

비하인드 도어

B. A. 패리스 – 이수영 옮김 – arte – 2017년 6월

오래 연애하고도 상대방을 잘 파악하지 못하는 경우가 왕왕 있다. 얼마 전 소개팅으로 만난 남자와 진지하게 교제했던 내 친구는 나중에 알고 보니 남자의 모든 것이 가짜인 것을 알아챘다고 했다. 직업도, 슬픈 가정사도, 나이도 전부 다 거짓말이었다고.

자신을 속였다는 것에 대한 화보다도 먼저 그녀를 찾은 것은 공포감이었다고 했다.

사이코패스에게 속아 결혼한 아내의 고군분투 생존기인 이 책을 그다 무섭지 않게 술술 읽었으나 단 하나,

인간은 이토록 참으로 알 수 없다는 점에서, 그리고 그것을

미리 알아내기가 쉽지 않다는 점에서 서늘하지 않을 수 없었다.

코끼리가면

노유다 – 움직씨 – 2016년 10월

끔찍하다.

두 명의 친오빠에게 상습적으로 성폭행을 당하고, 힘들게 고백했지만 아들의 기를 세워줘야 한다는 이유로 오히려 오빠의 편에서는 엄마를 바라보는 삶은 충분히 끔찍하다.

그러나 우리는 살면서 얼마든지 말도 안 되는 일들을 겪을 수 있으며, 말도 안 되는 일들을 겪었다고 해서 우리가 말이 안 되는 존재가 되는 것은 아니다. 우리는 끝끝내 말이 되는 존재. 앞으로도 말이 될 존재이다. "끔찍하고 아름답다"고 쓰인 표지의 추천사는 아주 적확하다. 자기의 이야기를 자기의 힘으로 용감하게 이룩한 유다씨를 응원한다.

2017 6 25

일요일

순진 22호

독립출판물

비정기적으로 간행되는 얇은 독립잡지.

이거 22호인데 21호로부터 2년만에 발간된 것이다. 정말 놀라운 비정기함이다.

주제가 '병신 같지만 멋있어'이다.

읽는 동안 나 자신의 병신 같지만 멋진 순간을 힘들게 떠올려보다가 겨우 하나 건졌다.

옛날에 때목욕하던 시절에 최대한 길게 때를 뽑아내려 용을 썼던 기억. 운좋게 정말 길게 때가 나와(약 10센치?) 엄마한테 자랑했던 기억.

사실 병신 같았던 때는 진짜 너무 많아서 하나만 꼽아지지 않고,

멋진 순간은 별로 많지 않아서 또 기억이 잘 안나고,

병신 같으면서 동시에 멋지기란 결코 쉬운 일이 아니었다는 것을 새삼 깨달았다.

그나저나 그럼 23호는 또 언제 나올런지.
이 책 제작년도가 2015년이고 지금 2년이 지났는데.
순진하게 기다릴 도리밖에 없다.

구체적 소년

서윤후 시/노키드 그림 – 네오카툰 – 2017년 4월

서윤후 시인의 시를 노키드 만화가가 만화로 그렸다.

시와 만화는 안 어울릴 듯 너무 잘 어울리는 커플.

만화가의 고민이 느껴졌다. 쉽지 않았을 것이다. 쉽지 않았을 거라는 사실에 깊이 감정이입하고 있다. 그것은 내가 예전에 시를 노래로 만들려고 했고, 그것이 참 어려웠던 기억 때문이다(예전에 송창식 선생님은 무슨 시더라, 어떤 시에 멜로디를 붙여 노래를 만들 때 그냥 턱 붙였다고 하시던데 뭐 그런 사람도 있기는 있는 것이고).

아무튼 락토프리 우유처럼 뭔가 한결 소화되기 쉬운 상태로 변한 시집을 순조롭고 따뜻하게 마셨다.

잠이 잘 올 것이다.

무비, 페미니즘 2호

독립출판물

텀블벅으로 모인 금액이 충분히 많아 순조롭게 2호가 발간되었다고 했다. 여러모로 첫번째 책보다 세련되어진 게 너무나 귀엽고 사랑스럽다.

신중하게 잘 쓰인 글을 읽는 기분은 새삼스럽지만 왜 이렇게 기분이 좋은지.

2017 6 28 수요일

바게트 호텔

키미앤일이 – 독립출판물

기분이 안 좋다.

순수한 선의에서 우러나온 어떤 행동을 했다.

그런데 내가 나의 의도를 조금씩 의심하면서

나중에는 아주 괴로운 마음이 됐고 지금껏 잠을 이루지 못하고 있다.

이럴 거면 늘 그랬듯이 타인의 고통을 외면할 것을.

왜 굳이 착한 척을 했던 걸까?

건드리지 말아야 할 것을 건드린 기분이다.

상심한 채 침대에 누워서 이 책을 읽었다.

나는 지금 무척 이 공간이 그립다.

가본 적 없고 가볼 수도 없는 동네에 신기루처럼 존재하는 바게트 호텔에 틀어박혀,

201호와 203호 투숙객 사이에서 야구경기나 보면서,

바게트를 먹고 싶다.

브로콜리 나무에 물을 주고 싶고 브로콜리 수프를 열심히 후룹거리고 싶다.

내일이 되면 어제의 일은 자연히 잊혔으면 한다.

세컨드 필름 매거진 2호

독립출판물

대구 더폴락 서점에서 샀다.

사놓고 한참 못 보다가 이제 열어봤는데,

무비 페미니즘과 비슷하면서도 다르다.

재료는 같은데 조리법에 약간 차이가 있는 느낌.

뒤쪽에 프랑스 크레테유 국제여성영화제에 다녀온 꼭지가 기억에 많이 남는다.

'언젠가 가보고 싶다'는 생각을 지금 하고는 있는데,

그걸 글로 옮겨 쓰는 건 이제 싫어지네.

아날로그의 반격

데이비드 색스 – 박상현/이승연 옮김 – 어크로스 – 2017년 6월

자타 공인 '트잉여'의 삶을 살면서도 부끄럽게 트위터의 새 기능을 적극적으로 활용하지 못하다가 얼마 전에 드디어 설문 기능이라는 것을 써보게 되었다.

질문은 다음과 같았다.

당신은 전자책 쪽인가, 종이책 쪽인가?

천 명이 조금 넘는 사람들이 이 설문에 대답해주었다. 결과는 압도적으로 종이책의 승리였다.

처음의 질문이 약간 관념적인 데가 있는 것 같아 조금 더 현실감을 더한 질문으로 만들어보았다.

곧 여행을 떠나는 당신은 여행지에서 읽을 책을 고르고 있다.

여러 권을 고를 생각인데 어떻게 하겠는가?

다 전자책 속에 담아 간다 vs 다른 짐들을 빼는 한이 있더라도 종이책을 고집하겠다

천 명이 조금 안 되는 사람들이 참여했고, 결과는 압도적이진 않았지만 전자책의 승리였다.

나는 뼛속 깊이 종이책 성향의 인간이고(전자책 방식에 친근해져보려고 몇 년 전 넣어둔 리디북스 예치금 30여만 원이 아직도 고대로 있다……) 그래서 당연히 다들 종이책을 더 좋아할 것이라고 내 멋대로 생각해왔다. 그러나 두 번의 트위터 설문조사를 해보며 내가 이해한 메시지는 대체로 종이책이 좋지만 경우에 따라 전자책의 편의도 적극적으로 수용하는 사람들이 많다는 것이었다. 뿐만 아니라, 내가 분명하게 종이책을 선호하는 것처럼 분명하게 전자책을 더 선호하는 사람도 있다는 것을 알게 되면서 종이책과 전자책이 작지만 분명한 각각의 터를 나눠 잡고 나름 사이좋게 공생하고 있는 것 같다고 주관적으로 결론을 내려보았다.

전자책의 등장에도 여전히 분명한 사랑을 받고 있는 종이책.
그렇다면 인터넷 서점 vs 오프라인 서점의 상황은 어떨까.

데이비드 색스의 『아날로그의 반격』이라는 책을 읽었다.
포스트 디지털 시대에 다시금 주목을 받고 있는 아날로그 문화의 가능성에 대해서 다층적으로 소개하고 있는 책이었다. LP부터 시작해서 몰스킨 노트, 책방, 그 밖에도 유통이나 교육 등 사회 전반에서 구조적 변화와 혁신을 이끌고 있는 아날로그의 이야기가 적혀 있어 흥미롭게 읽었다.

역시 아날로그의 가장 큰 강점이라고 할 수 있는 것은 육체적 쾌감일 것이다. 직접 보고 , 직접 만지고, 직접 경험하는 오감의 다양한 체험. 이것이 주는 풍부감이 우리가 사는 삶을 더 불편하지만 그만큼 의미 있게 해주는 것일 테다. 팔이 안으로 굽는다고, 나는 그중에서도 책과 책방 이야기에 더 눈이 갈 수밖에 없었는데 마침 이 책을 번역하신 박상현 역자님도 어느 독립책방을 방문해서 경험한 잊을 수 없는 기억을 말씀해주셨다.

지인에게 추천을 받고 망원동에 있는 어느 독립서점에 한번 방문해보셨다고 한다.

그런데 늦은 시간이라 문이 이미 닫혀 있었다고. 허탈한 마음으로 잠시 바깥에서 외관을 멍하니 보고 있는데 뒤에서 주인장이 "문 열어드릴까요" 하더란다.

그렇게 문 닫힌 책방 문을 다시 열고 안으로 들어가봤더니 생각보다 책이 빼곡하게 즐비하지 않아 내심 내실 없다는 생각도 하셨다고 한다. 그런데 꽂혀 있는 책들을 한 권 한 권 보다보니 자기 취향의 책들만 콕 찝어놓은 것 같았다는 것이다. 누군가의 집에 우연히 놀러갔다가 자기 취향의 책들만 꽂혀져 있는 서재를 발견하고 나면 그 사람과 덜컥 친해지고 싶은 기분이 들듯이 곧장 이 책방과 친구하고 싶은 생각이 들었다고 한다. 조용히 속으로 감탄하고 있던 사이 책방에는 동네 단골들이 하나둘 들어와서 주인장과 인사를 나누고, 안부를 묻고, 길에서 구조한 것으로 보이는 새끼 고양이가 들어 있는 라면 박스를 둘러싸고는 같이 소곤소곤 고민을 나누고 있더란다. 고즈넉한 저녁 밤, 작고 편안한 어느 공간 안에서, 누군가는 조용히 책을 보고 또 누군가는 작고 연약한 다른 존재를 걱정하고 있는, 그 옹기종기함이 새삼 너무나 감동적이었다고 한다. 이런 경험을 전자책을 사면서, 혹은 인터넷 서점을 통해서 경험할 수 있을까.

얘기가 나온 김에 조금 더 해보겠다.

나를 포함해 작은 동네 서점을 운영하고 있는 사람들은 아마도 대부분 이런 아날로그함이 줄 수 있는 '옹기종기함의 힘'을 가장 우위에 놓는다. 월세도, 인건비도, 공과금도, 책장도, 바닥도, 천장도, 조명도, 진열되어 있는 책들도, 엽서도, 천가방들도 그런 마음으로 준비하는 것이다. 그 옹기종기함을 책을 사랑하는 다른 사람들과 함께 느끼고 싶어한다. 그게 우리에게는 가장 중요한 일이다. 방문한 손님들도 다들 너무 좋아하며 공간의 사진을 담기 바쁘고, 덕분에 자신들의 하루가 의미 있고 행복했다고 말하며, 이런 공간이 없어지지 말고 오래오래 있었으면 좋겠다고 입을 모은다. 그렇다면 이 공간들이 없어지지 않고 오래오래 있으려면 어떻게 해야 할까?

한 손님이 책방에 와서 어떤 책을 자세히 살펴보더니 그 자리에서 핸드폰을 들어 10퍼센트 저렴한 인터넷 서점을 통해 그 책을 주문하는 현장을 목격했다고 A서점 주인이 말할 때,

아무렇지도 않게 자기가 필요한 부분만 사진을 찍고 책을 사지는 않는 사람들이 너무 많아, 책의 내부 촬영은 안 된다는 말을 완곡하게 해서 책방의 여기저기에 붙여놓았다고 B서점 주인이 말할 때,

해방촌의 이런저런 데이트 코스가 소개되어 있는 팸플릿 속에 자기 서점이 소개되어 있었는데 밑에 예상 데이트 비용이 '0원'이라고 적혀 있는 것을 보았다고 C서점 주인이 말할 때,

그럴 때 책방 주인들은 가만히 고개를 숙이고 똑같은 질문을 자신에게 던지곤 한다.

'이 공간이 없어지지 않고 오래 남아 있으려면 나는 어떻게 해야 할까.'

아까 잠깐 얘기한 『아날로그의 반격』에는 뉴욕의 서점 '북컬쳐'

의 성공 사례가 등장한다. 대표인 도블린의 말이다.

이런 공간에서 이익을 내야 합니다.

도블린은 자주 서점에 와서 지갑으로 투표를 하여(즉 돈을 써서) 원하는 서점, 원하는 이웃, 원하는 도시를 만들어달라고 호소력 있게 말했다.

우리는 여러분들이 찾아오는 한, 언제까지나 여기에 있을 겁니다.

2017. 7. 1–12월의 오늘

Jul. Aug. Sep. Oct. Nov. Dec.

보스토크 4호 – 보스토크 프레스 편집부 – 보스토크프레스 – 2017
기사단장 죽이기 – 무라카미 하루키 – 문학동네 – 2017
지독한 하루 – 남궁인 – 문학동네 – 2017
1코노미 – 이준영 – 21세기북스 – 2017
바다 냄새가 코끝에 – 구선아 – 북노마드 – 2017
좌부녀 – 모치즈키 미네타로 – 세주문화 – 2004
컨셉진 48호 – 컨셉진 편집부 – 컨셉진 – 2017
더 테이블 – 김종관 – arte – 2017
지구만큼 슬펐다고 한다 – 신철규 – 문학동네 – 2017
독립 수업 – 그레이스 보니 – 월북 – 2017
인간의 위대한 여정 – 배철현 – 21세기북스 – 2017
너에게만 알려 줄게 – 피터 레이놀즈 – 문학동네어린이 – 2017
아픈 몸을 살다 – 아서 프랭크 – 봄날의책 – 2017
맥주탐구생활 – 김호 – 21세기북스 – 2017
운다고 달라지는 일은 아무것도 없겠지만 – 박준 – 난다 – 2017
소멸세계 – 무라타 사야카 – 살림 – 2017
월간 채널예스 2017년 8월호 – 채널예스 편집부 – 예스24 – 2017
아줌마! 왜 혼자 다녀요? – 만욱 – manwook – 2017
일단 오늘은 나한테 잘합시다 – 도대체 – 예담 – 2017
교토에 다녀왔습니다 – 임경선 – 예담 – 2017
걸그룹 경제학 – 유성운·김주영 – 21세기북스 – 2017
이혼일기 – 이서희 – 아토포스 – 2017
달콤한 노래 – 레일라 슬리마니 – arte – 2017
페이퍼 246호 – 페이퍼 편집부 – 메이데이 – 2017
엄마의 자존감 공부 – 김미경 – 21세기북스 – 2017
히트 메이커스 – 데릭 톰슨 – 21세기북스 – 2017
딸에게 들려주는 역사 이야기 – 김형민 – 푸른역사 – 2017
아무튼 – 망원동 – 김민섭 – 제철소 – 2017
아무튼 – 피트니스 – 류은숙 – 코난북스 – 2017
지능의 탄생 – 이대열 – 바다출판사 – 2017
꽈배기의 맛 – 최민석 – 북스톤 – 2017
꽈배기의 멋 – 최민석 – 북스톤 – 2017
사라지는 동물 친구들 – 이자벨라 버넬 – 그림책공작소 – 2017
나의 엄마 – 강경수 – 그림책공작소 – 2016
비에도 지지 않고 – 미야자와 겐지 – 그림책공작소 – 2015
적게 벌고 행복할 수 있을까 – 이보람 – 독립출판물 – 2017
천장에 야광별을 하나씩 붙였다 – 박지용 – 독립출판물 – 2017

죽음의 자서전 – 김혜순 – 문학실험실 – 2016
우먼카인드 창간호 – 우먼카인드 편집부 – 바다출판사 – 2017
보스토크 6호 – 보스토크 프레스 편집부 – 보스토크프레스 – 2017
피프티 피플 – 정세랑 – 창비 – 2016
길 위에서 읽는 시 – 김남희 – 문학동네 – 2016
WAY 창간호 – 웨이 편집부 – 오즈팩토리 – 2017
움직이는 말 – 머무르는 몸 – 이브 본푸아 – 민음사 – 2017
섹스와 젠더에 대한 페미니즘의 관점들 – 마리 미콜라 – 전기가오리 – 2017
난 네 편이야 – 심상정 – 인플루엔셜 – 2017
내 멋대로 세계 서점 X – 떼거리 서점 유랑단 – 2017
사각사각 – 연필 소리 나는 그림들 – 유지연 – 독립출판물 – 2017
내가 싸우듯이 – 정지돈 – 문학과지성사 – 2016
나는 지금 나의 춤을 추고 있잖아 – 이승한 – 들개이빨 그림 – 한겨레출판 – 2017
누가 토플을 달래줄까요? – 토베 얀손 – 어린이작가정신 – 2014
꼬리의 이유 – 사이먼 마모렉 – 독립출판물 – 2017
SEOUL PUNX – 유진정 – 매스메스에이지 – 2017

에필로그

창작의 고통이 아니라 성실의 고통에 괴로웠다.

나중에 또 이런 걸 하자고 누가 꼬드긴다면

그때는 정말 진짜 죽어도 안 할 것이다라는 마음으로 승낙할 것이다.

사랑하는 민정 언니에게 고맙다.

사랑하지만 주로 답답하고 미워하다가 미안해지는 종수에게 고맙다.

사랑하지 않고 나와 잠깐 듀오를 이루어준 저자들께 고맙다.

2017년 겨울

요조

눈이 아닌 것으로도 읽은 기분

초판 1쇄 인쇄 – 2017년 12월 20일
초판 1쇄 발행 – 2017년 12월 30일

지은이 – 요조
펴낸이 – 김민정
편집 – 김필균 도한나
표지 디자인 – 이기준
본문 디자인 – 이기준 신선아
독자 모니터 – 이희연
마케팅 – 정민호 나해진 김은지
홍보 – 김희숙 김상만 이천희
제작 – 강신은 김동욱 임현식
제작처 – 영신사

펴낸곳 – 난다
출판등록 – 2016년 8월 25일 제406-2016-000108호
주소 – 10881 경기도 파주시 회동길 210
전자우편 – blackinana@gmail.com / 트위터 – @blackinana
문의전화 – 031-955-2656(편집) / 031-955-8890(마케팅) / 031-955-8855(팩스)

ISBN 979-11-88862-02-3 03810

◯난다는 (주)문학동네의 계열사입니다.
◯이 도서의 국립중앙도서관 출판예정도서목록(CIP)은
서지정보유통지원시스템 홈페이지(http://seoji.nl.go.kr)와
국가자료공동목록시스템(http://www.nl.go.kr/kolisnet)에서 이용하실 수 있습니다.
(CIP제어번호: CIP2017034413)